# Profirätsel für Fußballfans

Arena

# Der Ball ist rund

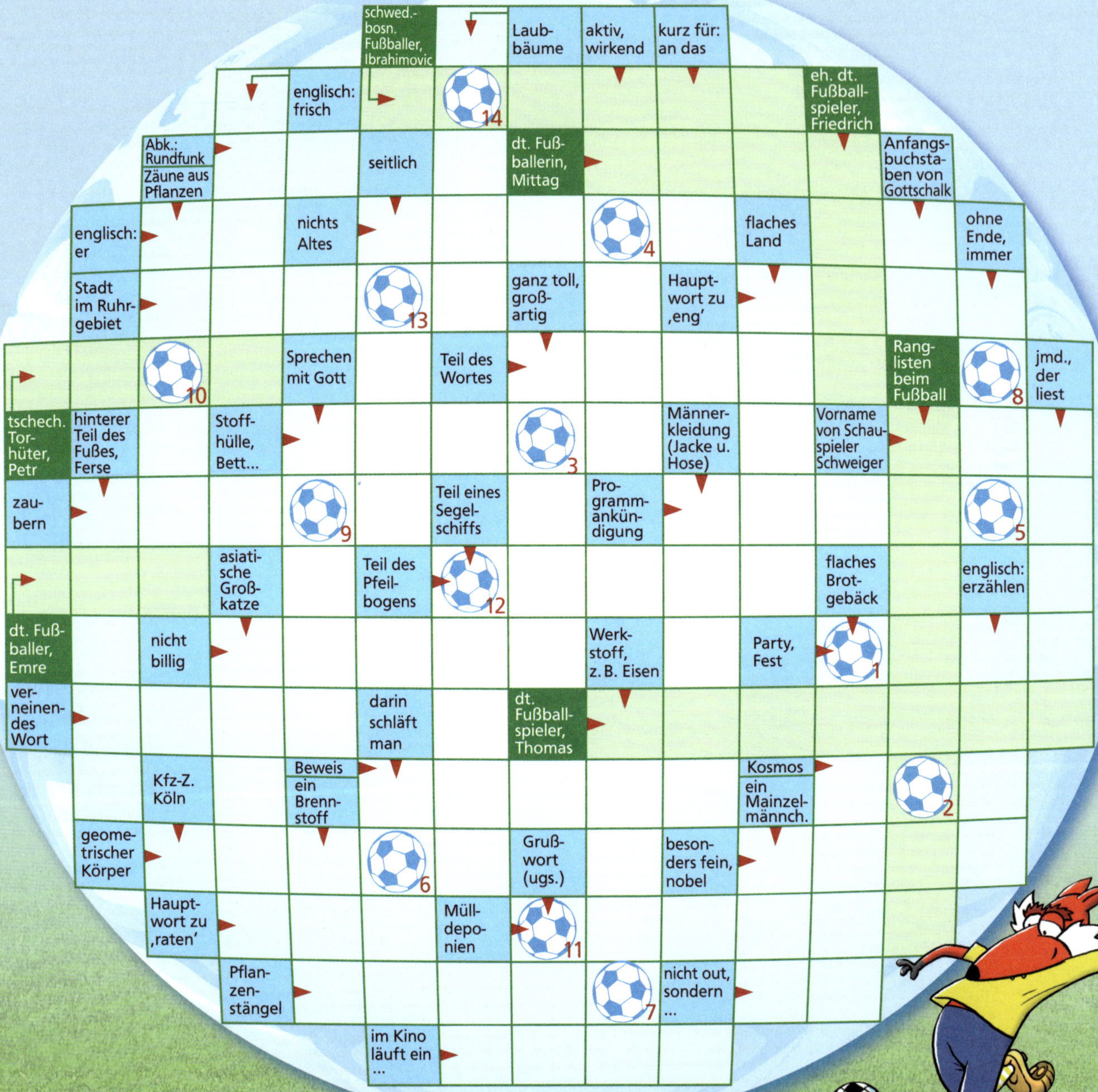

## Lösungswort:

| 1 | 2 | 3 | 4 | 5 | 6 | 7 | 8 | 9 | 10 | 11 | 12 | 13 | 14 |
|---|---|---|---|---|---|---|---|---|---|---|---|---|---|
| | | | | | | | | | | | | | |

## Sprüche klopfen

Hier ergibt sich der Ausspruch eines Fußballkommentators. Der Anfang und einige weitere Buchstaben sind bereits markiert, nun musst du nur noch den Linien folgen!

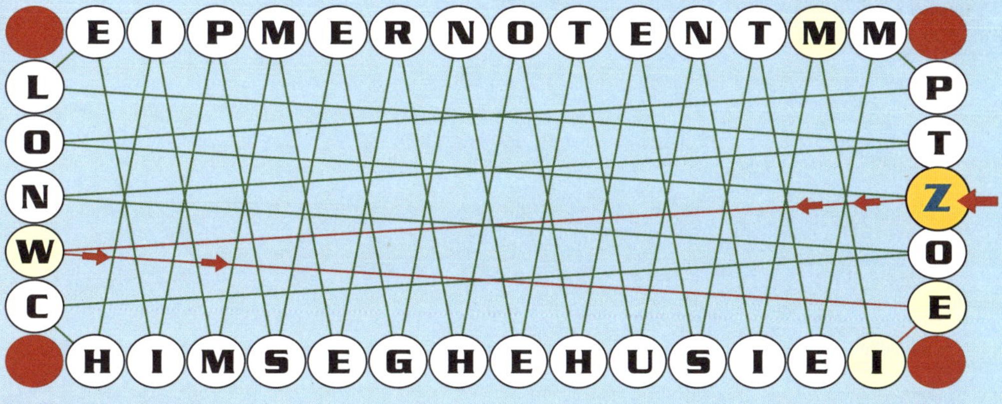


**Lösungsspruch:** ______________________________

______________________________

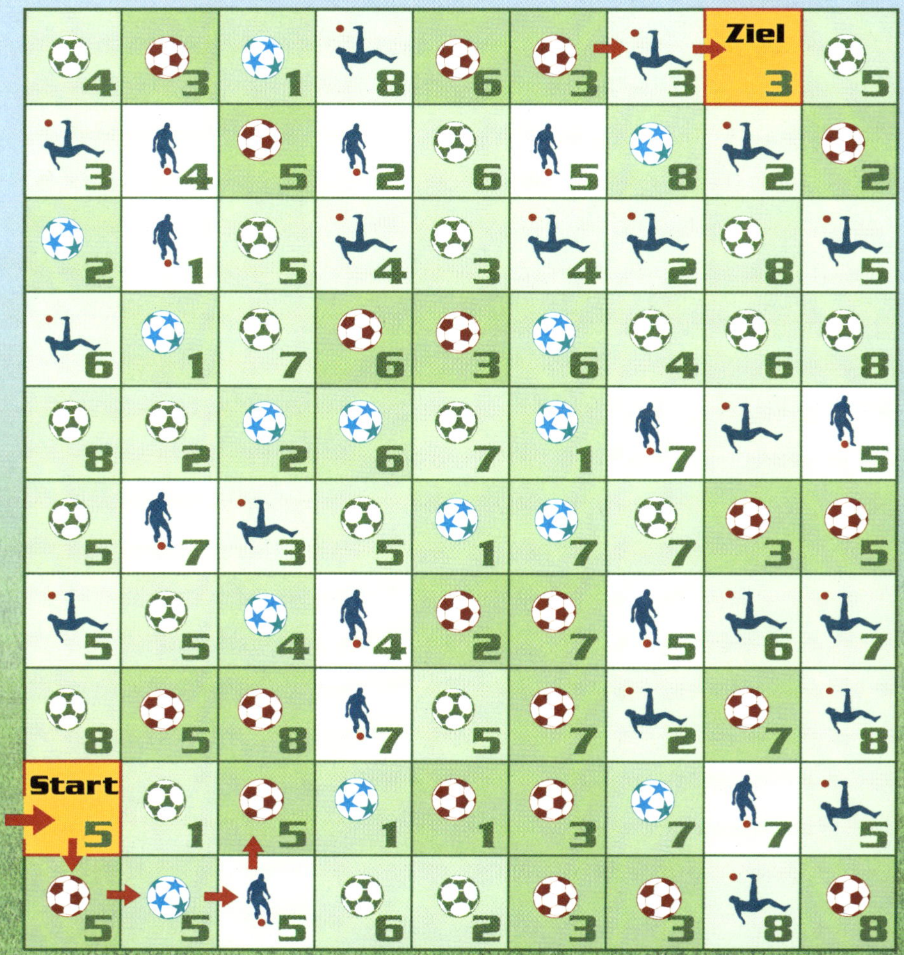


## Zuspiel

Findest du den Weg vom Start zum Ziel?

Drei Dinge musst du beachten:

1. Du darfst immer nur ein Kästchen weiterlaufen.
2. Du darfst nicht diagonal laufen.
3. Das nächste Kästchen muss das gleiche Symbol oder die gleiche Zahl haben wie das Kästchen, in dem du gerade bist.

## Austragungsort gesucht

Auf der Bande steht der Name einer Stadt, in der 2014 das Weltmeisterschaftsfinale ausgetragen wurde. Leider sind die Buchstaben kaum noch zu lesen. Kannst du den Namen trotzdem entziffern?

## Kicker-Gitter

Finde für alle Wörter den richtigen Platz im Rätselgitter.

**4 Buchstaben:**
GOAL – ICKE – ~~IDEE~~ – IGEL – MERK – MOND – NULL – RAHN – SARG – TEIG – WIEN

**5 Buchstaben:**
EKLIG – ELFEN

**6 Buchstaben:**
EINZIG – FINALE – MODELS

**7 Buchstaben:**
AENGSTE – ANPFIFF – DELLING – FENCHEL – FORDERN – LANDUNG – STREICH – WEINGUT

**8 Buchstaben:**
KOLLEGIN

**9 Buchstaben:**
KLINSMANN

## Wortkette

In allen waagrechten Reihen werden zwei Wörter gesucht. Der Endbuchstabe des ersten ist immer der Anfangsbuchstabe des zweiten Wortes.

1. sauer, ... sein, 2. ein europäischer Fluss, 3. rundes Abbild der Erde, 4. kurz für Schiedsrichter, 5. das Mädchen ist die ... der Oma, 6. eine Tiergattung, z. B. Mäuse, 7. Wölbung, Hauptwort zu rund, 8. fester Boden, 9. deutscher Fußballnationalspieler (Paul, WM 1974), 10. Blume mit Dornen, 11. kaufen, 12. häufig an Stürmer vergebene Rückennummer

**Nur diese Buchstaben kommen im Rätsel vor:**

A A B B B C D D
D E E E E E E E E
E E E G G G H I I I
I K L L N N N N
N N N N N O O O
R R R R R R R R
S S T T U U U U
U U U W W

| | | | | | | | | | | |
|---|---|---|---|---|---|---|---|---|---|---|
| 1 | | | | | | 2 | | | | |
| 3 | | | | | 4 | | | | | |
| 5 | | | | | | 6 | | | | |
| 7 | | | | | | 8 | | | | |
| 9 | | | | | | | 10 | | | |
| 11 | | | | | | | 12 | | | |

## EM-Geschichte

**Wodurch gewann Deutschland 1996 das Europameisterschafts-finale in London?**

- ◯ 1. Freistoßtor
- ◯ 2. Golden Goal
- ◯ 3. Elfmeter

## EM-Geschichte

**Welches Land wurde 1960 der erste Europameister?**

- ◯ 1. Frankreich
- ◯ 2. Spanien
- ◯ 3. Sowjetunion

## Tauschrätsel

Die Buchstaben der gesuchten Wörter sind durcheinandergeraten. Setze sie zeilenweise wieder zu sinnvollen Begriffen oder Namen zusammen. Gelingt dir das, ergeben sich auch senkrecht stimmige Wörter.

| | | | | | | |
|---|---|---|---|---|---|---|
| S | B | ■ | T | S | M | A |
| P | L | I | C | ■ | J | E |
| Y | R | N | H | E | ■ | R |
| M | I | ■ | O | ■ | R | E |
| A | ■ | Y | R | E | D | B |
| L | I | E | D | ■ | B | ■ |
| Z | ■ | U | R | N | E | E |

| | | | | | | |
|---|---|---|---|---|---|---|
| S | | ■ | | A | | |
| | | | P | ■ | | |
| | | | | Y | ■ | R |
| | | ■ | O | ■ | | |
| | ■ | | | | | |
| | | | | ■ | B | ■ |
| Z | ■ | N | | | | |

## Fußballstar gesucht

Erstelle deinen eigenen Steckbrief zum gesuchten Fußballstar. Wichtige Informationen über ihn findest du im Buchstabensalat. Achtung: Die Wörter können auch diagonal, rückwärts oder von unten nach oben zu lesen sein. Den Namen des Profikickers erfährst du, indem du das Bilderrätsel (sammle die angegebenen Buchstaben der Gegenstände) löst.

| | | | | | | | | | | | | | | |
|---|---|---|---|---|---|---|---|---|---|---|---|---|---|---|
| R | D | W | O | K | A | U | Y | I | V | O | | | | |
| E | O | B | A | Y | E | R | N | Q | X | V | | | | |
| G | O | | | | L | I | H | R | B | I | | | | |
| I | E | | | | V | L | T | F | G | S | | | | |
| D | S | | | | B | O | | | | A | | | | |
| I | T | Q | R | E | L | F | | | | B | | | | |
| E | E | F | Q | J | B | C | | | | A | | | | |
| T | R | W | P | D | K | F | E | X | X | L | | | | |
| R | R | Q | L | O | U | R | O | B | T | A | | | | |
| E | E | G | I | D | E | L | E | Z | P | M | | | | |
| V | I | | | | W | O | E | B | K | P | | | | |
| T | C | | | | W | I | Z | J | S | M | T | L | S | P |
| M | H | | | | E | Z | E | T | | | | F | K | I |
| N | I | G | E | R | I | A | D | N | | | | N | N | V |
| E | V | U | M | V | I | T | B | A | | | | B | I | C |
| C | M | I | E | H | N | E | F | F | O | H | O | L | L | F |

Bild 1

Bild 2

Bild 3

Bild 4

### Steckbrief

- Name (Bilderrätsel):
- Spitzname:
- Nationalität:
- der Vater stammt aus:
- Geburtsort:
- Familienstand:
- aktueller Verein:

  *FC ... München*
- Verein bis 2011 (Leihe):

  *TSG 1899 ...*
- Position:
- Spielfuß:
- Sternzeichen:

## Lösungswort

1 ◯
2 ◯
3 ◯
4 ◯
5 ◯
6 ◯
7 ◯
8 ◯
9 ◯
10 ◯
11 ◯

## Wortbälle

In den Wortbällen musst du das Fragezeichen durch einen Buchstaben ersetzen. Dann entsteht ein achtbuchstabiger Begriff. Allerdings musst du selbst herausfinden, an welcher Stelle das Wort beginnt.

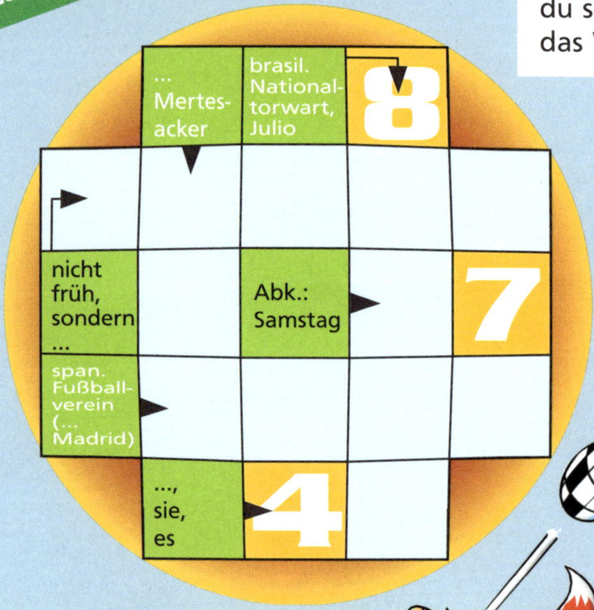

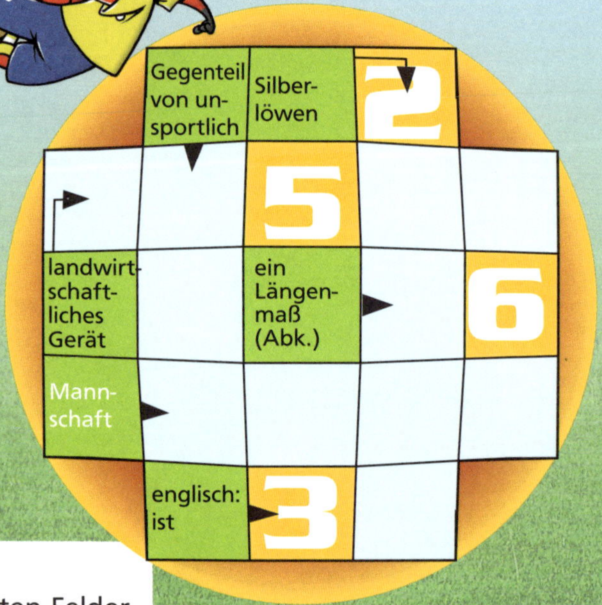


## Kombinationsspiel

Zusammen ergeben die nummerierten Felder das gesuchte Lösungswort.

## Fußball-Rechnen

Finde durch Addition und Subtraktion die fehlenden Zahlen in den Kästchen heraus.

## Fehlersuche

Findest du alle fünf Fehler, durch die sich das obere Bild vom unteren unterscheidet?

# Zahlenkreuzwort

Bei diesem Rätsel helfen dir die Beschreibungen, aber auch die angegebenen Zahlen. Gleiche Zahlen bedeuten gleiche Buchstaben!

| | | | | | | | |
|---|---|---|---|---|---|---|---|
| Standbild | 20 | 3 | 11 | 18 | 14 | 8 | 19 |
| zerbrochen, kaputt | 3 | 11 | 4 | 17 | 13 W | 3 | 2 |
| niederländischer Fußballtrainer, Guus | 16 | 2 | 20 | 20 | 2 | 11 | 18 |
| „hämmernde" Vögel | 5 | 9 | 3 | 1 C | 16 | 4 | 3 |
| deutscher Rekordtorjäger, Ulf | 18 | 2 | 15 | 5 | 4 | 3 | 11 |
| dt. Fußballverein, 1. FC Lokomotive ... | 19 | 3 | 2 | 9 | 17 | 2 | 12 |
| Abstoß von der Eckfahne | 3 | 1 | 18 | 7 | 8 | 19 | 19 |
| eh. brasil. Fußballspieler (Weltfußballer 1994) | 15 | 6 | 14 | 8 | 15 | 2 | 6 |
| Fortsetzungsfolge | 3 | 9 | 2 I | 5 | 6 | 20 | 3 |
| Regelverstoß im Fußball | 8 | 7 | 5 | 3 | 2 | 4 | 5 |
| kleine Lücken | 11 | 2 | 5 | 1 | 16 | 3 E | 11 |
| Vorname von Ballack | 14 | 2 | 1 | 16 | 8 | 3 | 19 |
| „Springen" des Torwarts | 16 | 3 | 1 | 16 | 4 | 3 | 11 |
| verzehrbares Tiereingeweide | 2 | 11 | 11 | 3 | 15 | 3 E | 2 |

| | |
|---|---|
| 1 | |
| 2 | |
| 3 | |
| 4 | |
| 5 | |
| 6 | |
| 7 | |
| 8 | |
| 9 | |
| 10 | / |
| 11 | |
| 12 | |
| 13 | |
| 14 | |
| 15 | |
| 16 | |
| 17 | |
| 18 | |
| 19 | |
| 20 | |

Trage die gefundenen Buchstaben gleich in den Zahlenschlüssel ein!

## Puzzlespaß

Kannst du das Puzzle richtig zusammensetzen und diese Fragen beantworten? 1. Wie viele Kinder in grünen Trikots sind auf dem Foto zu sehen und 2. welche Rückennummern tragen sie?

# Teams gesucht

Sieben Fußballweltmeister gab es zwischen 1930 und 2014. Einige Nationen gewannen den Titel mehrfach. Suche die Weltmeisterländer im Rätselgitter und trage sie in die Rangliste ein.

## Weltmeister

**5 x Weltmeister**

________________

**4 x Weltmeister**

________________

________________

**2 x Weltmeister**

________________

________________

**1 x Weltmeister**

________________

________________

________________

| | | | | | | | | | | | | | | |
|---|---|---|---|---|---|---|---|---|---|---|---|---|---|---|
| | | | | N | S | S | G | Z | E | E | I | L | C | Q |
| | | | | M | E | H | F | D | K | X | C | F | K | W |
| | | | | D | J | I | E | T | | | | R | N | L |
| | | | | B | K | T | L | U | | | | A | E | V |
| | | | | E | B | G | T | A | | | | N | I | G |
| | | | | D | C | J | C | E | T | T | T | K | N | U |
| | | | | N | G | U | W | X | E | I | K | R | I | P |
| | | | | A | B | R | E | U | X | S | S | E | T | E |
| | | | | L | R | A | O | N | R | V | Q | I | N | Z |
| | | | | H | A | V | C | Q | G | U | R | C | E | K |
| | | | | C | S | M | E | R | V | L | G | H | G | Y |
| V | U | Y | R | S | I | N | | | | B | A | U | R | B |
| U | N | P | N | T | L | Y | | | | V | H | N | A | O |
| G | E | C | J | U | I | D | | | | Z | R | P | D | Y |
| S | P | H | S | E | E | G | D | N | O | Y | N | Y | V | Z |
| E | N | S | L | D | N | E | S | P | A | N | I | E | N | X |

1930
1934 1938
1950 1954
1958 1962
1966 1970
1974

1978
1982 1986
1990 1994
1998 2002
2006 2010
2014

# Auf dem Platz

Haut-färbung durch Sonne
rohr-artiger Gegen-stand
Tier-mund
unbe-kannte Flug-objekte
eh. engl. National-spieler, Steven

ital. Fußball-trainer, Fabio
Licht ein-schalten
Kose-wort für Vater
englisch: für
Mädchen-name
span. Fußball-spieler, Iniesta
kurz für: Maria

nicht weit
Medi-ziner
oberer Teil des Fußes

ital. Verein (Mailand)
kurz für: heran
Gruß der Seeleute
Teil des Fahr-rades

englisch: und
gezo-gener Strich

nicht früh, sondern ...
Doku-menten-samm-lung
Teil des Fußes
Boten-stoff im Körper

bereits
englisch: sein, seine

kroat. National-spieler, Mladen
span. Fußball-verein (Madrid)
eh. dt. Fußballer, Rolfes
englisch: einge-schaltet

englisch: Ende
eh. engl. Fußballer, Ferdinand

ugs.: nein
singen ohne Text: La, la, ...
englisch: Männer

span. Fußball-spieler, Xabi
Flug beenden

## Vor- oder Nachname?

Die Vor- oder Nachnamen von fünf deutschen Fußballspielern oder Trainern werden hier gesucht. Wenn du ihre Namen in den blau hinterlegten Feldern im Rätsel ergänzt, kannst du sicher auch die anderen Begriffe des Rätsels lösen.

________ **Friedrich**

**Marko** ________

________ **Gomez**

________ **Herrlich**

**Miroslav** ________

| | | | | | | | | |
|---|---|---|---|---|---|---|---|---|
| M | | E | | B | | C | | E |
| | R | | E | | K | | E | |
| T | | O | | M | | R | | N |
| | E | | | | Z | | N | |
| E | | | | R | | | | G |
| | S | | R | | | | B | |
| H | | I | | O | | G | | I |
| | A | | U | | L | | A | |
| K | | O | | E | | E | | S |

Max hat schon eines der elf Trikots angezogen. Findest du heraus, welche Rückennummer er sich ausgesucht hat?

## Rückennummer

## Sudoku-Cross

| | | | | | | | | |
|---|---|---|---|---|---|---|---|---|
| T | F | | | I | | | O | N |
| N | E 4 | | | T | | | F | U |
| R | T | | | N | E | | I 2 | G |
| | | | | | 6 | | | |
| | U | E 1 | N | | G | I | R | |
| | | | 9 | | | | | |
| I | G | | F | E | | 5 | T | O |
| O | I | | | G 3 | | | U | E |
| G | O 7 | | | F | | | E | R 8 |

| | | | | | | | | |
|---|---|---|---|---|---|---|---|---|
| 1 | 2 | 3 | 4 | 5 | 6 | 7 | 8 | 9 |

Statt Zahlen sollen bei diesem Sudoku die Buchstaben **I E F G N O R T U** jeweils einmal auf den waagrechten und den senkrechten Zeilen und zudem auf den Diagonalen eingetragen werden. Zum Schluss ergibt sich in den neun nummerierten Feldern das Lösungswort.

Verbinde die Felder durch Speichen, die waagrecht, senkrecht oder diagonal eingezeichnet werden dürfen. Die Speichen dürfen sich aber nicht überschneiden. Die Zahlen in den Feldern geben an, wie viele Speichen von dem entsprechenden Feld ausgehen.

## Speichenrätsel

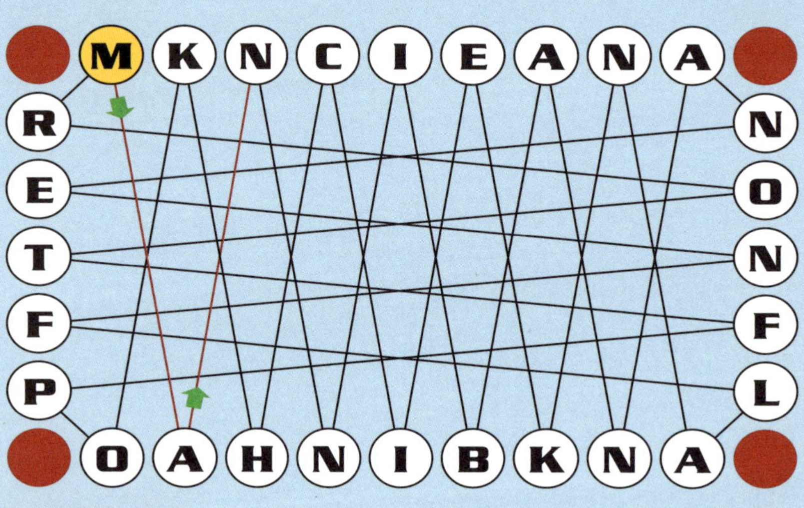


**Lösungsspruch:**

## Sprüche klopfen

Hier ergibt sich ein Ausspruch des Nationalspielers und heutigen Trainers Horst Hrubesch. Der Anfangsbuchstabe ist bereits markiert, nun musst du nur noch den Linien folgen!

## Zuspiel

Findest du den Weg vom Start zum Ziel?

Drei Dinge musst du beachten:

1. Du darfst immer nur ein Kästchen weiterlaufen.
2. Du darfst nicht diagonal laufen.
3. Das nächste Kästchen muss das gleiche Symbol oder die gleiche Zahl haben wie das Kästchen, in dem du gerade bist.

# Der Ball ist rund

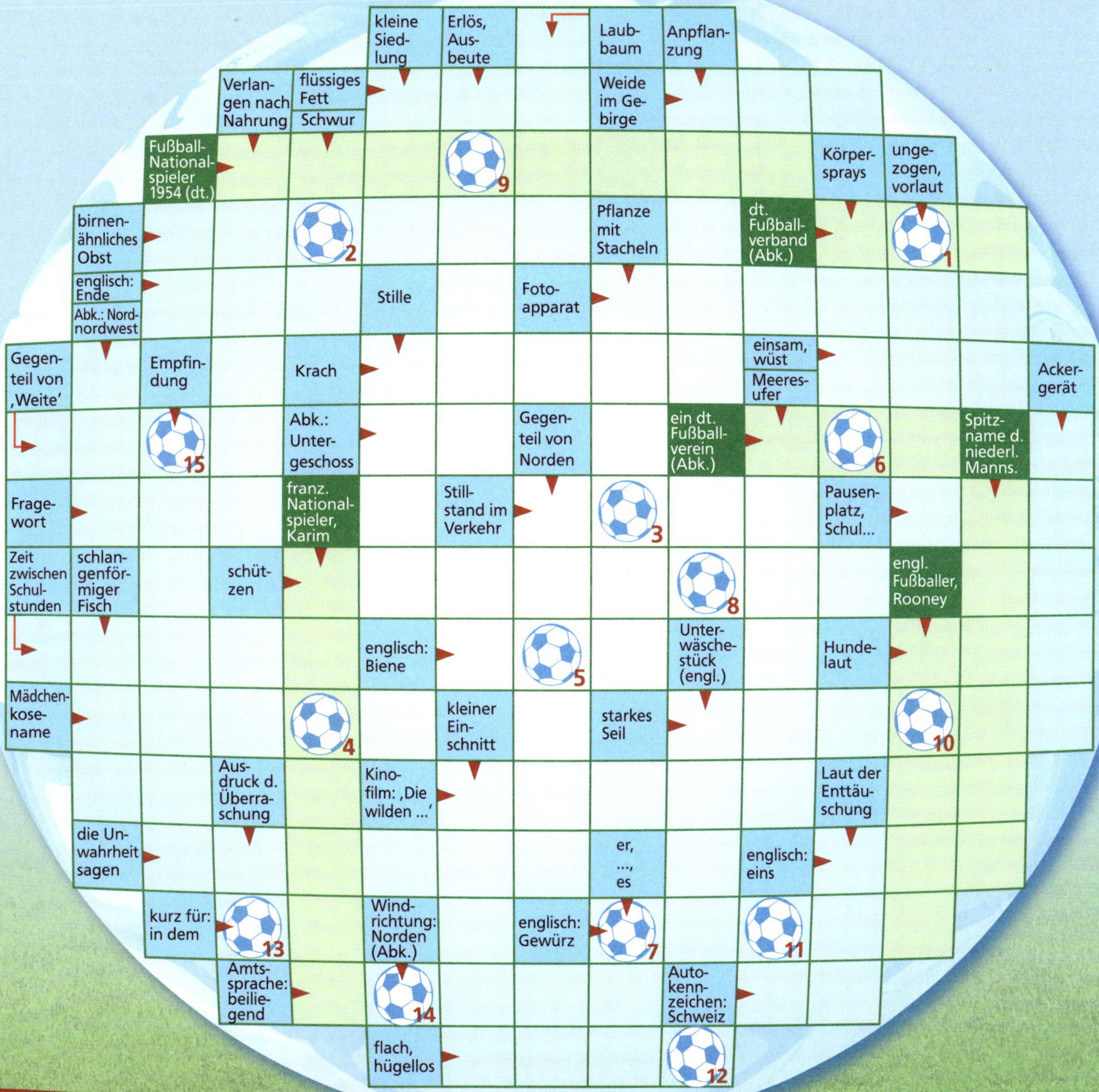


## Lösungswort:

1 | 2 | 3 | 4 | 5 | 6 | 7 | 8 | 9 | 10 | 11 | 12 | 13 | 14 | 15

## Wortkette

In allen waagrechten Reihen werden zwei Wörter gesucht. Der Endbuchstabe des ersten ist immer der Anfangsbuchstabe des zweiten Wortes.

**1. hier kann man tanzen (Mz.), 2. nicht hungrig, 3. ital. Fußballverein (Turin, Kw.), 4. schwarz-weißer Rabenvogel, 5. Mehrzahl von Rang, 6. ein Fußballfreistoß, 7. ... Cottbus (Fußballverein), 8. Taste auf der Computertastatur, 9. Tiergattung, zu der das Krokodil gehört, 10. kaputte Stelle, der Strumpf hat ein ..., 11. ehem. portugiesischer Fußballstar (Luis), 12. Satzgegenstand**

**Nur diese Buchstaben kommen im Rätsel vor:**

A A B C C C C D E E E E E E E E E E F G G G H I I I I J J K K L L N N O O O P R R R R R S S S S T T T T T U V

| | | | | | | | | |
|---|---|---|---|---|---|---|---|---|
| 1 | | | | | 2 | | | |
| 3 | | | 4 | | | | | |
| 5 | | | | | 6 | | | |
| 7 | | | | | | 8 | | |
| 9 | | | | | 10 | | | |
| 11 | | | 12 | | | | | |

## Flaggenrätsel

Nur eine der Flaggen von A bis D ist die Flagge Brasiliens. Welche?

**A**

**B**

**C**

**D**

## Kicker-Gitter

Finde für alle Wörter den richtigen Platz im Rätselgitter.

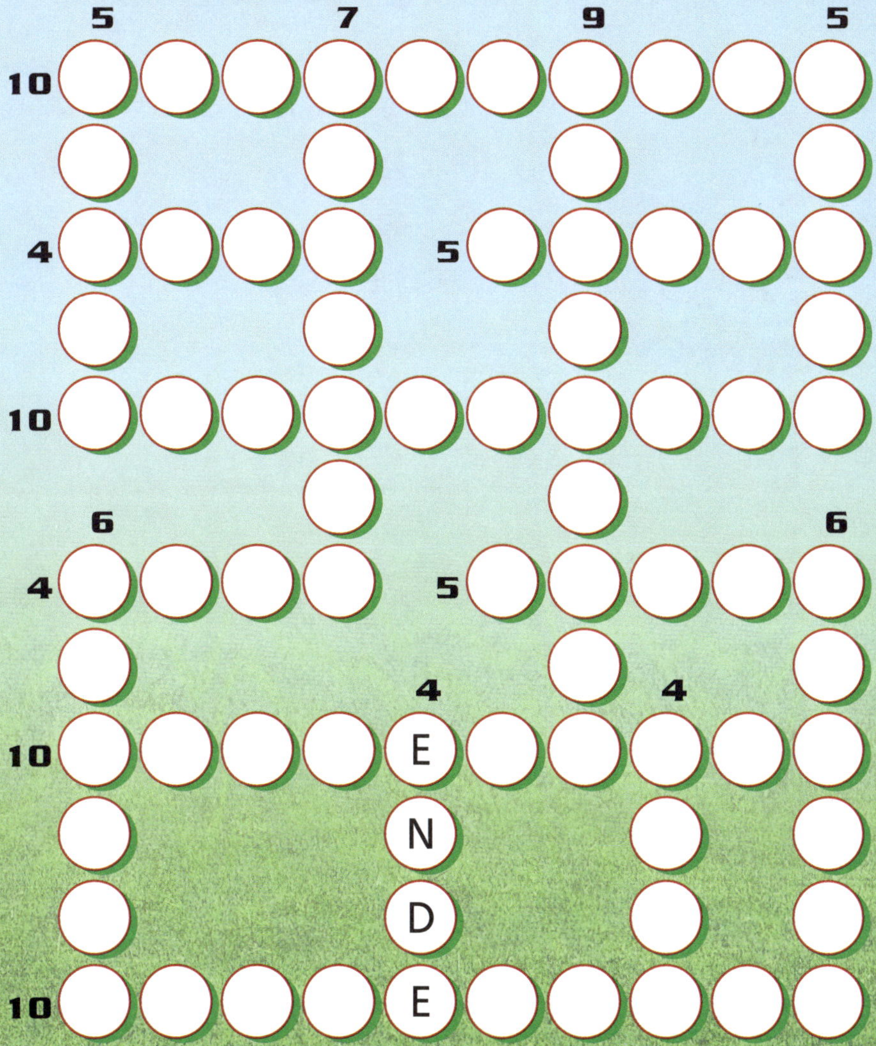


**4 Buchstaben:**
ADEL – AKNE – ~~ENDE~~ – HIFI

**5 Buchstaben:**
BEZUG – NAGEL – PEDAL – TEAMS

**6 Buchstaben:**
HANDEL – LAEUFE

**7 Buchstaben:**
POLIZEI

**9 Buchstaben:**
SAEGEMEHL

**10 Buchstaben:**
LIEGEWIESE – NIEDERLAGE – SALZBREZEL – TORPFOSTEN

## Fußballstar gesucht

Erstelle deinen eigenen Steckbrief zum gesuchten Fußballstar. Wichtige Informationen über ihn findest du im Buchstabensalat. Achtung: Die Wörter können auch diagonal, rückwärts oder von unten nach oben zu lesen sein. Den Namen des Profikickers erfährst du, indem du das Bilderrätsel (sammle die angegebenen Buchstaben der Gegenstände) löst.

| | | | | | | | | | | | | | | |
|---|---|---|---|---|---|---|---|---|---|---|---|---|---|---|
| T | L | A | G | U | T | R | O | P | R | M | | | | |
| S | N | I | X | L | A | H | C | N | U | F | | | | |
| I | M | | | | J | C | B | H | U | M | | | | |
| E | P | | | | A | A | H | M | V | A | | | | |
| B | S | | | | N | C | | | | N | | | | |
| E | B | N | B | S | D | A | | | | C | | | | |
| N | C | C | G | M | N | X | | | | H | | | | |
| S | D | L | S | I | N | H | T | D | T | E | | | | |
| V | L | Y | U | E | D | Y | O | N | R | S | | | | |
| G | R | Q | M | T | N | E | O | V | L | T | | | | |
| B | A | | | | R | I | L | N | Z | E | | | | |
| M | J | | | | W | A | S | S | E | R | M | A | N | N |
| G | T | | | | Y | J | F | P | | | | I | R | W |
| S | T | U | R | M | B | A | A | Y | | | | S | Z | V |
| J | L | M | A | M | V | S | P | L | | | | A | O | A |
| D | I | R | D | A | M | V | Q | O | Y | U | T | S | D | D |

Bild 1

Bild 2

Bild 3

Bild 4

### Steckbrief

- Name (Bilderrätsel):
- Spitzname:
- Nationalität (Land):
- Geburtsort:
- Familienstand:
- aktueller Verein:
  *Real ...*
- Verein bis 2009:
  *... United*
- Position:
- Rückennummer:
- Sternzeichen:

## WM-Geschichte

**Wann und wo fand die erste Fußballweltmeisterschaft statt?**

- ◯ 1. 1930 in Uruguay
- ◯ 2. 1934 in Italien
- ◯ 3. 1950 in Brasilien

## WM-Geschichte

**Wie nannte man 1954 die Mannschaft des WM-Siegers Deutschland?**

- ◯ 1. die Wilden von Brig
- ◯ 2. die Helden von Bern
- ◯ 3. die Ollen von Bonn

## Tauschrätsel

Die Buchstaben der gesuchten Wörter sind durcheinandergeraten. Setze sie zeilenweise wieder zu sinnvollen Begriffen oder Namen zusammen. Gelingt dir das, ergeben sich auch senkrecht stimmige Wörter.

| | | | | | | |
|---|---|---|---|---|---|---|
| U | T | S | R | P | ■ | L |
| ■ | F | ■ | O | E | E | D |
| T | T | L | E | A | ■ | N |
| U | A | ■ | W | ■ | O | K |
| H | ■ | W | N | I | E | D |
| U | R | M | L | L | E | E |
| ■ | R | D | A | ■ | R | ■ |

| | | | | | | |
|---|---|---|---|---|---|---|
| | | | | | ■ | L |
| ■ | F | ■ | | | | |
| | | | | | ■ | |
| | U | ■ | | ■ | | K |
| H | ■ | W | I | N | D | E |
| | | | | | | |
| ■ | | | | ■ | R | ■ |

## Fehlersuche

Findest du alle fünf Fehler, durch die sich das obere Bild vom unteren unterscheidet?

## Fußballer in Folge

Schau dir die Fußballmännchen in der oberen Reihe genau an. Welches Männchen der unteren Reihe kann logischerweise nur in die Reihenfolge oben passen?

## Wortbälle

In den Wortbällen musst du das Fragezeichen durch einen Buchstaben ersetzen. Dann entsteht ein achtbuchstabiger Begriff. Allerdings musst du selbst herausfinden, an welcher Stelle das Wort beginnt.

| | | | | |
|---|---|---|---|---|
| | Kassenzettel | Großväter | Figur der ‚Sesamstraße' | |
| Rennsportschlitten | | | | Abk.: Nummer |
| englisch: offen | | 8 | 4 | |
| Karnevalsgeck | | 1 | | 6 |
| | Abk.: Stück | | | |

| | | | | |
|---|---|---|---|---|
| | dt. Fußballverband (Abk.) | amerik.-kanad. Grenzsee | Überbleibsel | |
| ..., die, das | | | 13 | englisch: es |
| eh. Schweizer Fußballer, Alexander | | | | 9 |
| ich bin, du ..., er ist | | | | |
| | berühmter Außerirdischer (Film) | 10 | | |

Lösungswort

1
2
3
4
5
6
7
8
9
10
11
12
13

## Kombinationsspiel

Zusammen ergeben die nummerierten Felder das gesuchte Lösungswort.

# Puzzlespaß

Kannst du das Bild wieder richtig zusammensetzen?

**Lösung**

A = 

B = 

C = 

D = 

E = 

F = 

# Zahlenkreuzwort

Bei diesem Rätsel helfen dir die Beschreibungen, aber auch die angegebenen Zahlen. Gleiche Zahlen bedeuten gleiche Buchstaben!

Trage die gefundenen Buchstaben gleich in den Zahlenschlüssel ein!

| | | | | | | | |
|---|---|---|---|---|---|---|---|
| geometrische Figur mit drei Ecken | 6 | 17 | 3 | 14 | 3 | 13 | 7 |
| eh. englischer Fußballstar | 18 | 3 | 13 | 7 | 1 H | 8 | 16 |
| tragendes Bauteil | 10 | 12 | 9 | 3 | 12 | 15 | 3 |
| deutscher Fußballverein (FC ... 04) | 10 | 13 | 1 | 8 | 2 | 7 | 3 |
| „Schlussmann" der Fußballmannschaft | 12 | 5 | 17 | 4 | 8 | 17 | 12 |
| offiziell | 8 | 16 | 12 | 2 L | 14 | 13 | 1 |
| deutscher Fußballverein (... Cottbus) | 3 | 19 | 3 | 17 | 11 | 14 | 3 E |
| eh. deutscher Mittelfeldspieler (Michael) | 18 | 8 | 2 | 2 | 8 | 13 | 7 |
| Warenverzeichnis | 7 | 8 | 12 | 8 | 2 | 5 | 11 |
| frecher Junge | 2 | 9 | 3 | 16 | 16 | 3 E | 2 |
| Sehnsucht nach Zuhause | 1 | 3 | 14 | 16 | 4 W | 3 | 1 |
| besonderer Strumpf beim Fußball | 10 | 12 | 9 | 12 | 15 | 3 | 19 |
| zuletzt, schließlich | 3 | 19 | 6 | 2 | 14 | 13 | 1 |
| deutscher Sportmoderator (Gerhard) | 6 | 3 | 2 L | 2 | 14 | 19 | 11 |

| | |
|---|---|
| 1 | |
| 2 | |
| 3 | |
| 4 | |
| 5 | |
| 6 | |
| 7 | |
| 8 | |
| 9 | |
| 10 | |
| 11 | |
| 12 | |
| 13 | |
| 14 | |
| 15 | |
| 16 | |
| 17 | |
| 18 | |
| 19 | |

# Auf dem Platz

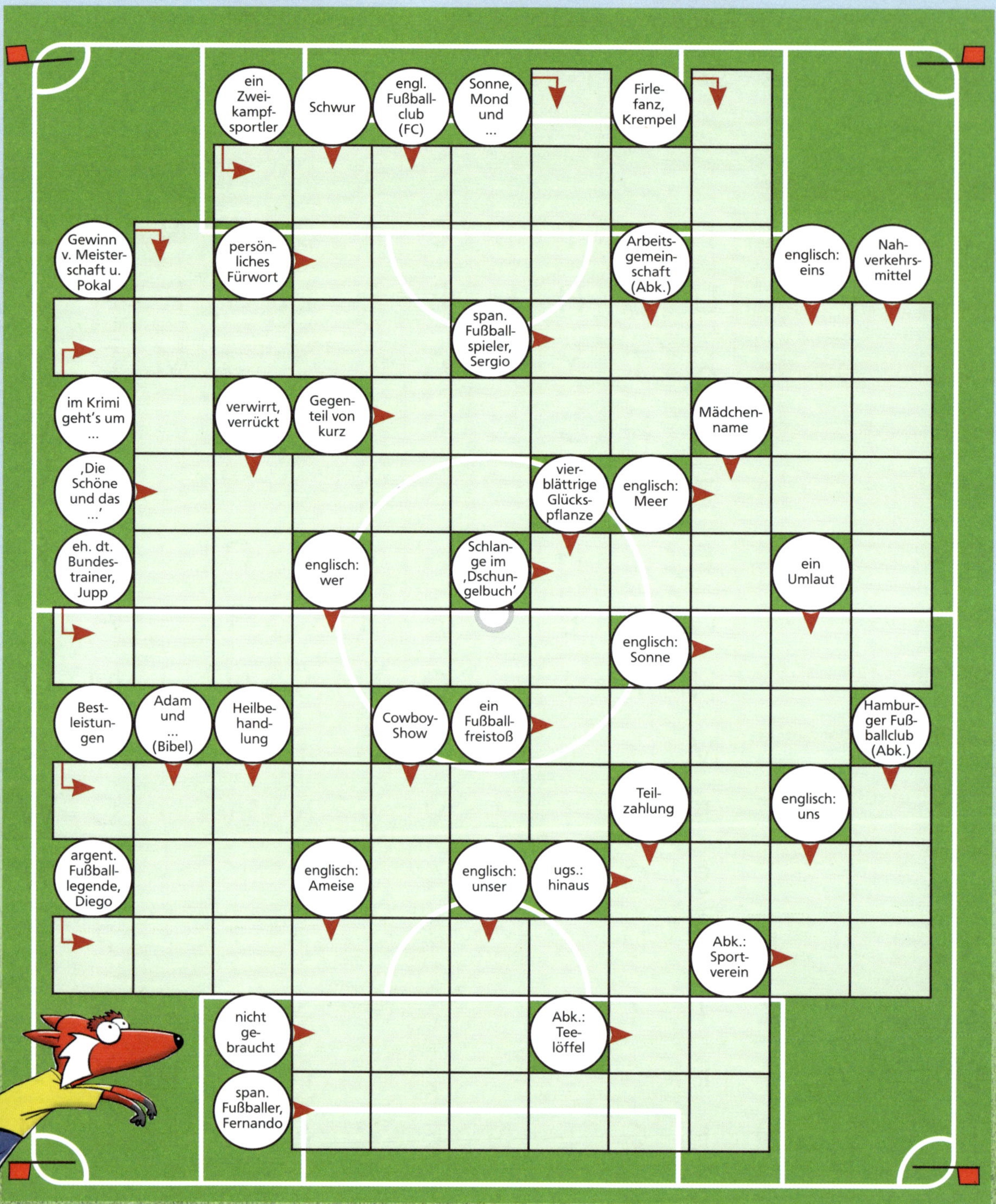

# Spielorte gesucht

Seit 1960 wurden 14 Europameisterschaften ausgetragen. Suche die zwölf Städte, in denen die jeweiligen Finalspiele stattfanden im Buchstabensalat und trage sie in die Liste ein. Aufgepasst: Sie können auch rückwärts, schräg oder von unten nach oben geschrieben sein.

## Spielorte der EM

- Frankreich 1960, 1984
- Spanien 1964
- Italien 1968, 1980
- Belgien 1972
- Jugoslawien 1976
- Deutschland 1988
- Schweden 1992
- England 1996
- Belgien/Niederlande 2000
- Portugal 2004
- Österreich/Schweiz 2008
- Polen/Ukraine 2012

| | | | | | | | | | | | | | | |
|---|---|---|---|---|---|---|---|---|---|---|---|---|---|---|
| | | | | F | L | I | S | S | A | B | O | N | I | C |
| | | | | U | Q | H | H | B | E | L | G | R | A | D |
| | | | | X | T | Y | G | A | | | | M | D | Y |
| | | | | R | N | B | X | K | | | | F | I | U |
| | | | | Z | S | M | W | S | | | | G | R | Y |
| | | | | E | T | H | M | W | L | V | O | O | D | K |
| | | | | G | O | E | T | E | B | O | R | G | A | J |
| | | | | H | F | J | L | Q | N | S | N | H | M | Q |
| | | | | M | J | E | Y | M | O | I | Z | D | W | K |
| | | | | F | S | T | Z | V | V | R | W | U | O | W |
| | | | | S | O | A | S | W | J | A | K | G | E | N |
| Y | Q | I | E | J | U | W | | | | P | Z | I | R | E |
| L | L | U | Z | T | I | O | | | | S | K | U | Q | J |
| D | R | A | T | E | W | B | | | | H | N | B | Y | S |
| B | G | I | N | L | G | E | N | E | H | C | N | E | U | M |
| M | O | R | R | P | R | O | T | T | E | R | D | A | M | J |

## Vornamen

Die Vornamen von vier internationalen Fußballern werden hier gesucht. Wenn du ihre Namen in den blau hinterlegten Feldern im Rätsel ergänzt, kannst du sicher auch die anderen Begriffe im Rätsel lösen.

| | | | | | | | | |
|---|---|---|---|---|---|---|---|---|
| A | | T | | A | | J | | N |
| | I | | K | | O | | G | |
| E | | O | | V | | D | | D |
| | I | | | | M | | L | |
| N | | | | H | | | | U |
| | G | | I | | | | I | |
| P | | O | | O | | B | | W |
| | S | | E | | R | | H | |
| L | | I | | E | | N | | G |

________ **Robben**

________ **Kuijt**

________ **Ibisevic**

________ **Guerrero**

## Fußball-ABC

Kennst du dich mit Fußballbegriffen aus? Dann findest du sicher schnell heraus, was hier beschrieben wird, und kannst die fehlenden Wörter in den Lücken ergänzen.

**Begriff:** ________ ?

Das ist die Gelb-Rote ________. Sie heißt so, weil die Farben ________ und ________ auch in der ________ vorkommen. Bei einer Roten ________ geht man ________ und bei der Gelben ________ kriegt man eine Verwarnung. Wenn man ________ Gelbe ________ kriegt, ist das so wie eine Rote ________ und man muss auch ________.

| | | | | | | | | |
|---|---|---|---|---|---|---|---|---|
| I 8 | S | | | Z | | | P | T |
| L | P | | | T | | | E | I |
| G | Z | | E | I 3 | | | T | U |
| | | | | | | 1 | | |
| | U | Z | G | | I | E | L 5 | |
| | | | | | 4 | | | |
| S | T 9 | | | E | P | | G | Z 6 |
| E | L | | 2 | G | | | Z | S |
| U | E 7 | | | P | | | S | G |

| | | | | | | | | |
|---|---|---|---|---|---|---|---|---|
| 1 | 2 | 3 | 4 | 5 | 6 | 7 | 8 | 9 |

## Sudoku-Cross

Statt Zahlen sollen bei diesem Sudoku die Buchstaben **E I G L P S T U Z** jeweils einmal auf den waagrechten und den senkrechten Zeilen und zudem auf den Diagonalen eingetragen werden. Zum Schluss ergibt sich in den neun nummerierten Feldern das Lösungswort.

## Fußball-Wabe

Setze die Buchstaben des Wortes A B W E H R so um jede rote Wabe, dass jeder Buchstabe genau einmal vorkommt. Gleiche Buchstaben dürfen dabei nicht in benachbarten Feldern stehen.

# Der Ball ist rund

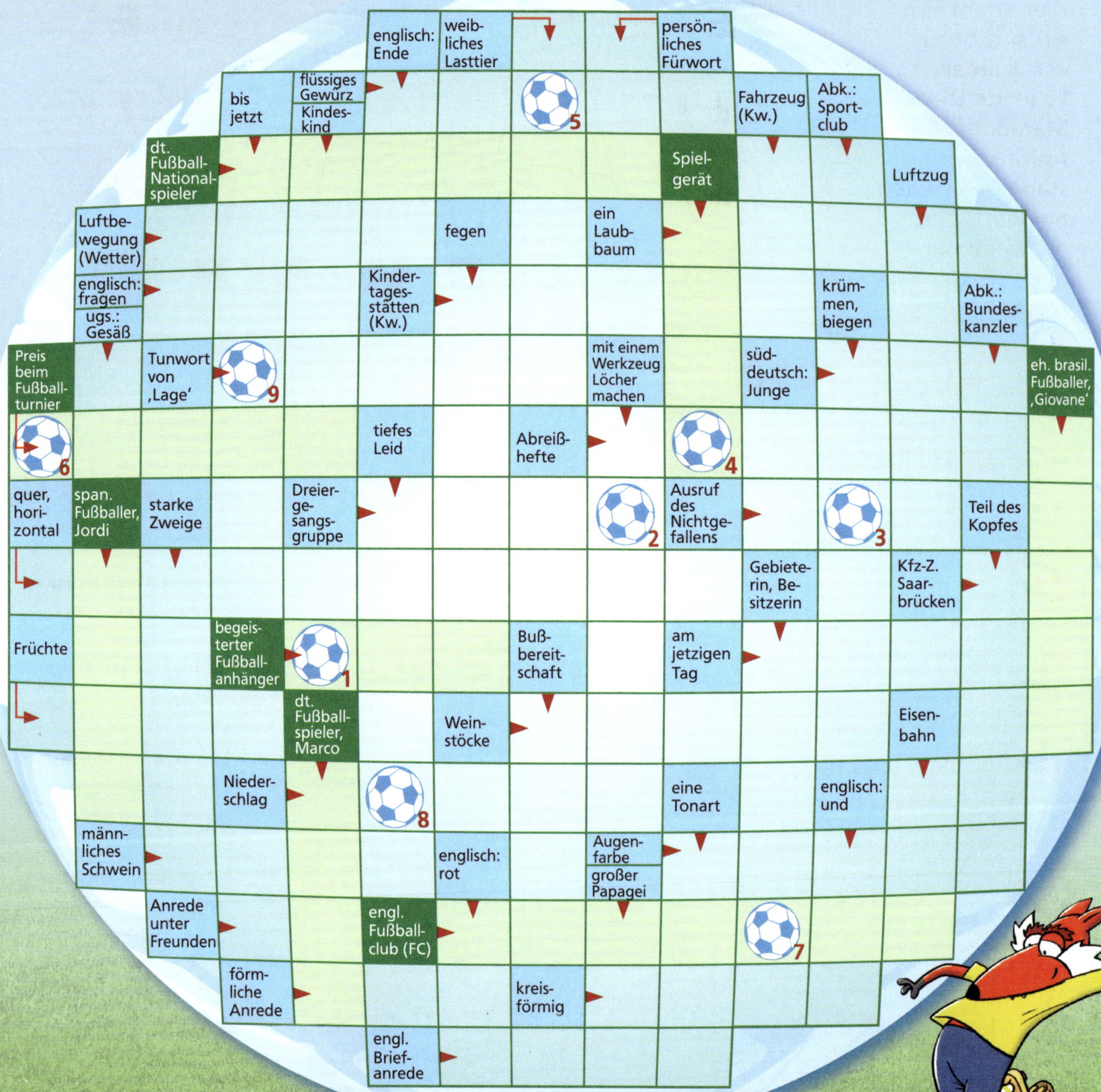

## Lösungswort:

1 2 3 4 5 6 7 8 9

## Sprüche klopfen

Hier ergibt sich ein Ausspruch von Fußball-Legende Diego Maradona. Der Anfangsbuchstabe ist bereits markiert, nun musst du nur noch den Linien folgen!

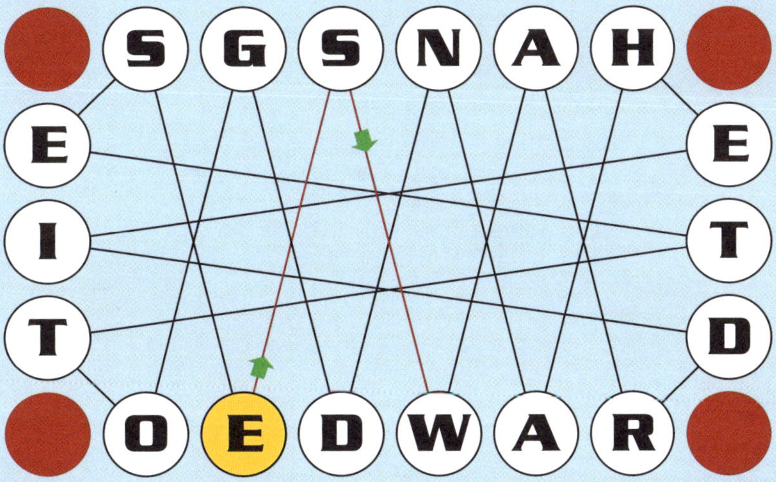


**Lösungsspruch:** ______________________________

______________________________

## Zuspiel

Findest du den Weg vom Start zum Ziel?

Drei Dinge musst du beachten:

1. Du darfst immer nur ein Kästchen weiterlaufen.
2. Du darfst nicht diagonal laufen.
3. Das nächste Kästchen muss das gleiche Symbol oder die gleiche Zahl haben wie das Kästchen, in dem du gerade bist.

## WM-Gastgeber

Welches europäische Land war nie Gastgeberland einer Fußballweltmeisterschaft?

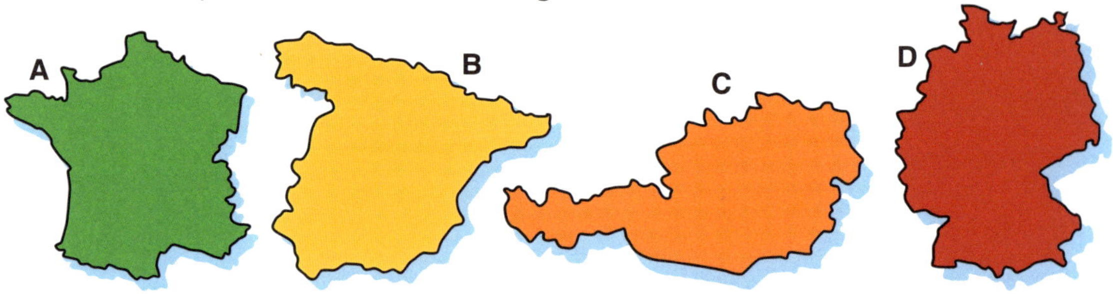


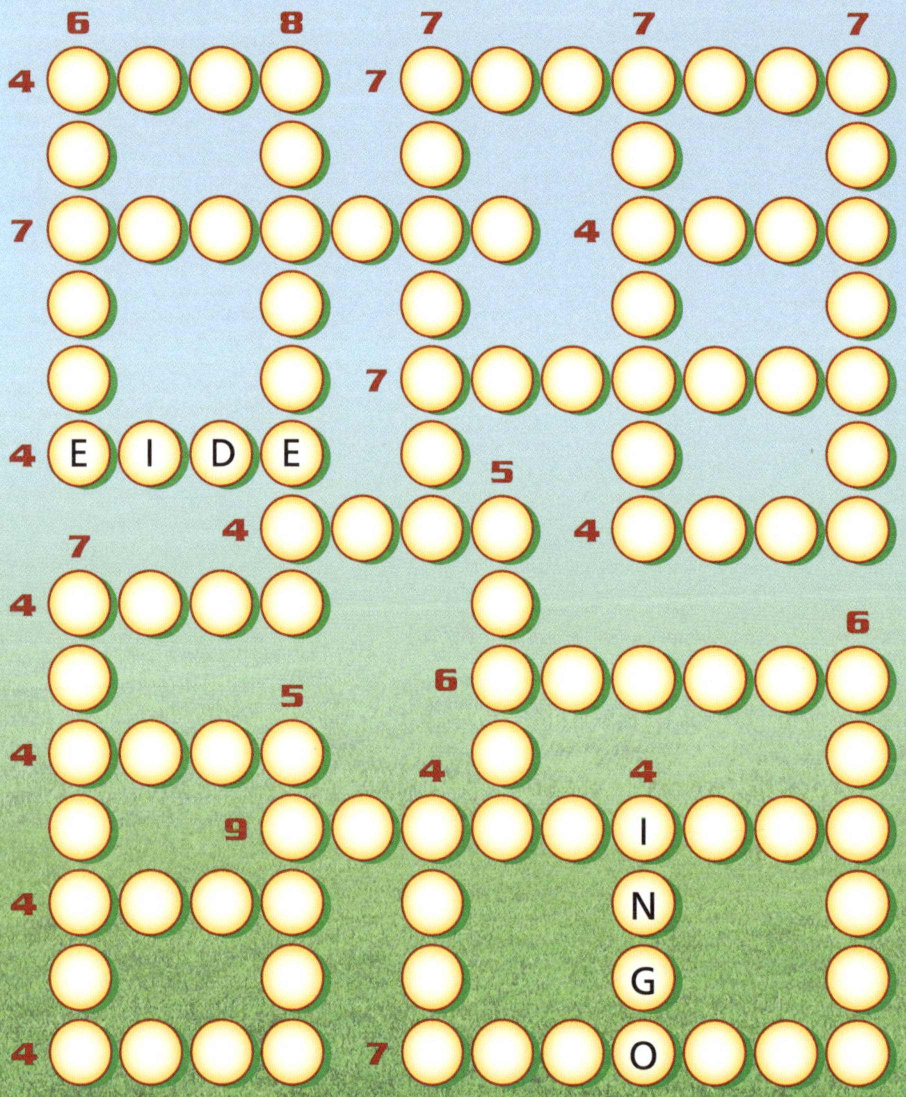


## Kicker-Gitter

Finde für alle Wörter den richtigen Platz im Rätselgitter.

**4 Buchstaben:**
BERN – BODO – EHRE – ~~EIDE~~ – ~~INGO~~ – MIEF – NEIN – PORE – RIFF – UEFA – WADE

**5 Buchstaben:**
FAHRT – OFFEN

**6 Buchstaben:**
HUBERT – POPEYE – TOTALE

**7 Buchstaben:**
ABLOESE – BECKHAM – BUESCHE – COLLINA – KOBOLDE – MONTAGE – POLSTER – WEBERIN

**8 Buchstaben:**
EISCREME

**9 Buchstaben:**
FLUTLICHT

In allen waagrechten Reihen werden zwei Wörter gesucht. Der Endbuchstabe des ersten ist immer der Anfangsbuchstabe des zweiten Wortes.

1. Regel, Richtlinie, 2. Speisewürze: ... und Öl, 3. Spieleraktion nach gelungenem Tor, 4. Bundestrainer der DFB-Auswahl, Jogi, 5. Schmetterlingslarve, 6. Fußballbegriff: wenn der Ball mit den Händen wieder ins Spiel gebracht wird, 7. Textreihen in einem Buch, 8. Mädchenname, 9. Wohnungswechsel (Mz.), 10. engl.: Erde, 11. Fußballbekleidung, 12. Geldschrank

# Wortkette

**Nur diese Buchstaben kommen im Rätsel vor:**

A A A A B B E
E E E E E E E E F G
G G H I I I I I J K K
L L L M N N O O O
O O O P R R R R
R R R R S S S
T T T T U U U U
U V W W Z Z

| | | | | | | | | | | |
|---|---|---|---|---|---|---|---|---|---|---|
| 1 | | | | | | 2 | | | | |
| 3 | | | | | | | 4 | | | |
| 5 | | | | 6 | | | | | | |
| 7 | | | | | 8 | | | | | |
| 9 | | | | | | 10 | | | | |
| 11 | | | | | 12 | | | | | |

## Regel-Quiz

**Wer muss sich für eine Weltmeisterschaft nicht extra qualifizieren?**

- ◯ 1. der letzte WM-Sieger
- ◯ 2. das Gastgeberland
- ◯ 3. der UEFA-Pokalsieger

## Regel-Quiz

**Welcher Spieler darf innerhalb des Strafraums den Ball mit der Hand spielen?**

- ◯ 1. Diego Maradona
- ◯ 2. der Torwart
- ◯ 3. niemand

## Tauschrätsel

Die Buchstaben der gesuchten Wörter sind durcheinandergeraten. Setze sie zeilenweise wieder zu sinnvollen Begriffen oder Namen zusammen. Gelingt dir das, ergeben sich auch senkrecht stimmige Wörter.

| | | | | | | |
|---|---|---|---|---|---|---|
| S | | U | R | M | D | |
| I | E | D | | R | P | E |
| X | J | A | A | | E | |
| L | | M | | R | A | A |
| | S | R | M | M | E | A |
| T | O | N | | E | | N |
| | T | S | N | G | E | A |

| | | | | | | |
|---|---|---|---|---|---|---|
| S | | D | | | | |
| | | I | | | E | |
| | | | X | | | |
| | | M | | | R | |
| | S | | | | | |
| T | | | | | | N |
| | | | | | | E |

# Fußballstar gesucht

Erstelle deinen eigenen Steckbrief zum gesuchten Fußballstar. Wichtige Informationen über ihn findest du im Buchstabensalat. Achtung: Die Wörter können auch diagonal, rückwärts oder von unten nach oben zu lesen sein. Den Namen des Profikickers erfährst du, indem du das Bilderrätsel (sammle die angegebenen Buchstaben der Gegenstände) löst.

| | | | | | | | | | | | | | | |
|---|---|---|---|---|---|---|---|---|---|---|---|---|---|---|
| E | H | F | W | A | L | Z | F | W | V | I | | | | |
| M | A | N | C | H | E | S | T | E | R | C | | | | |
| J | N | | | | S | M | I | X | A | N | | | | |
| U | E | | | | T | X | C | G | A | X | | | | |
| D | I | | | | U | O | | | | O | | | | |
| M | L | K | K | O | E | I | | | | M | | | | |
| L | A | Q | Q | U | R | R | | | | R | | | | |
| T | T | I | D | L | M | A | W | H | E | E | | | | |
| X | I | D | E | W | E | M | D | E | H | L | | | | |
| Q | U | D | J | J | R | R | E | L | V | A | | | | |
| P | I | | | | E | E | R | R | N | P | | | | |
| G | G | | | | W | P | E | M | A | I | L | A | N | D |
| T | R | | | | E | U | C | J | | | | M | L | S |
| H | J | R | E | Y | O | S | H | Q | | | | I | Z | D |
| P | U | Z | D | W | L | E | T | H | | | | B | Y | R |
| X | B | S | P | J | S | J | S | A | P | G | H | A | N | A |

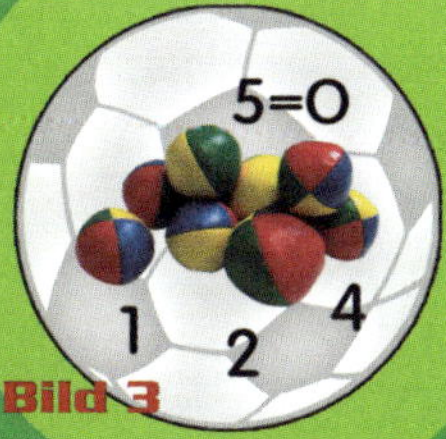

## Steckbrief

- Name (Bilderrätsel):
- Spitzname:
- Nationalität 1 (Land):
- Nationalität 2 (Land):
- Geburtsort:
- Familienstand:
- aktueller Verein:
  *(AC) ...*
- Verein bis 2013:
  *... City*
- Position:
- Spielfuß:
- Sternzeichen:

## Wortbälle

In den Wortbällen musst du das Fragezeichen durch einen Buchstaben ersetzen. Dann entsteht ein achtbuchstabiger Begriff. Allerdings musst du selbst herausfinden, an welcher Stelle das Wort beginnt.

**Lösungswort**

1 ◯
2 ◯
3 ◯
4 ◯
5 ◯
6 ◯
7 ◯
8 ◯
9 ◯
10 ◯
11 ◯
12 ◯

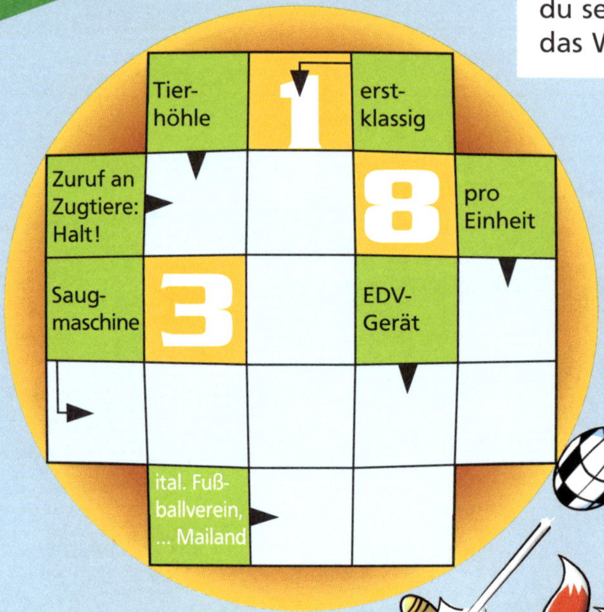

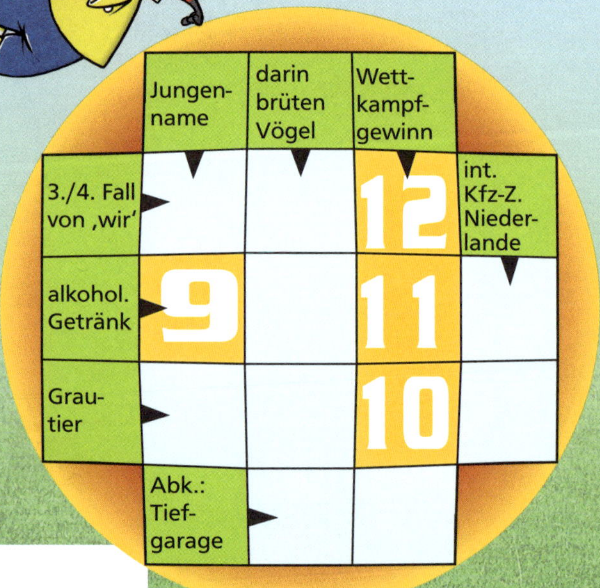


## Kombinationsspiel

Zusammen ergeben die nummerierten Felder das gesuchte Lösungswort.

## Was stimmt nicht?

Was hat nichts auf dem Fußballplatz zu suchen?
Schreibe die Gegenstände auf.

# Zahlenkreuzwort

Bei diesem Rätsel helfen dir die Beschreibungen, aber auch die angegebenen Zahlen. Gleiche Zahlen bedeuten nämlich gleiche Buchstaben!

| | | | | | | | |
|---|---|---|---|---|---|---|---|
| deutscher Fußballspieler, Stürmer (Kevin) | 12 | 16 | 6 | 6 | 8 | 3 | 19 |
| Nahrungsmittel, Tierprodukt | 10 F | 6 | 2 | 18 | 1 S | 14 | 7 |
| Sehnsucht nach Zuhause | 7 | 2 | 18 | 17 | 13 | 2 | 7 |
| positive Ergebnisse | 2 | 5 | 10 | 16 | 6 | 11 | 2 E |
| Fußball-Weltmeister 2006 | 18 | 9 | 8 | 6 | 18 | 2 | 3 |
| brasilianische National-mannschaft (portug. Name) | 1 | 2 | 6 | 2 | 14 | 8 | 16 |
| „Springen" des Torwarts | 7 | 2 | 14 | 7 | 9 | 2 | 3 |
| kurzer heftiger Regen | 1 | 14 | 7 | 8 | 4 | 2 | 5 |
| deutscher Fußballverein, die „Königsblauen" | 1 | 14 | 7 | 8 | 6 | 15 | 2 |
| Beginn eines Fußballspiels | 8 | 3 N | 1 | 9 | 16 | 1 | 1 |
| nicht genau | 4 | 3 | 11 | 2 | 3 | 8 | 4 U |
| dünne Lage | 1 | 14 | 7 | 18 | 14 | 7 | 9 |
| schriftliche Einleitung | 12 V | 16 | 5 | 13 | 16 | 5 R | 9 |
| Champions-League-Sieger 2007, AC ... | 17 | 8 | 18 | 6 | 8 | 13 | 19 |

| | |
|---|---|
| 1 | |
| 2 | |
| 3 | |
| 4 | |
| 5 | |
| 6 | |
| 7 | |
| 8 | |
| 9 | |
| 10 | |
| 11 | |
| 12 | |
| 13 | |
| 14 | |
| 15 | |
| 16 | |
| 17 | |
| 18 | |
| 19 | |

Trage die gefundenen Buchstaben gleich in den Zahlenschlüssel ein!

## Labyrinth

Welcher der drei Spieler bekommt die Gelbe Karte?

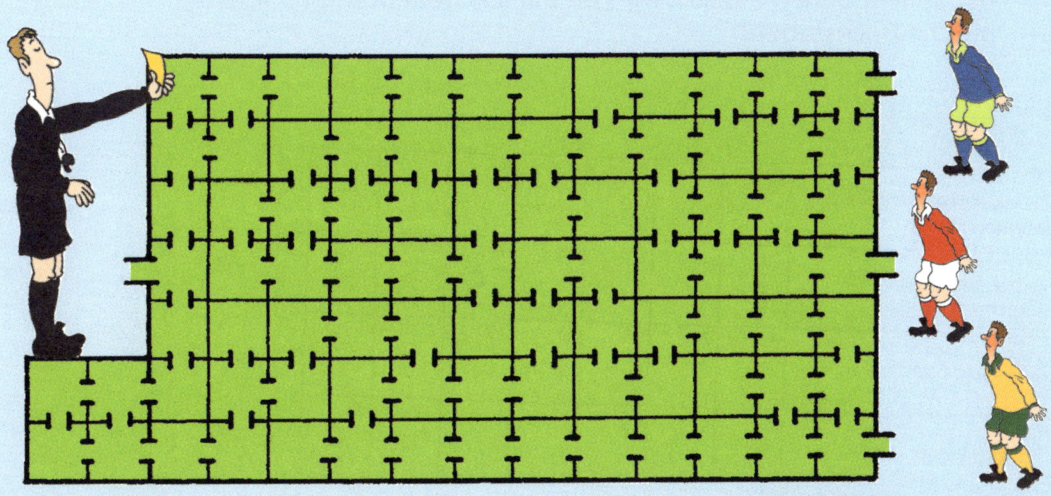

## Achtung Bälle!

Wie viele Bälle versucht dieser Torwart zu halten?

# Rekordmeister gesucht

Finde die Rekordmeister dieser neun Fußballnationen. Die Vereinsnamen können senkrecht, waagrecht, aber auch rückwärts und schräg versteckt sein. Trage die Namen in die Liste ein.

## Vereinsmannschaften

- **Brasilien:**
  1 *FC ...*
  2 *Palmeiras ...*
- **Argentinien:**
- **Deutschland:**
  *FC Bayern ...*
- **Schweiz:**
  *... Club Zürich*
- **Österreich:**
  *Rapid ...*
- **England:**
  *... United*
- **Frankreich:**
  *AS Saint ...*
- **Spanien:**
  *Real ...*
- **Italien:**
  *... Turin*

| | | | | | | | | | | | | | | |
|---|---|---|---|---|---|---|---|---|---|---|---|---|---|---|
| | | | | N | E | H | C | N | E | U | M | W | M | Y |
| | | | | G | R | U | E | N | N | T | W | E | A | Z |
| | | | | R | W | Z | Y | O | | | | T | N | C |
| | | | | A | A | Y | K | N | | | | A | C | G |
| | | | | S | G | B | A | L | | | | L | H | J |
| | | | | S | F | E | Z | C | U | M | Q | P | E | U |
| | | | | H | E | T | I | E | N | N | E | R | S | V |
| | | | | O | S | G | Y | B | E | C | G | E | T | E |
| | | | | P | G | V | X | N | D | N | S | V | E | N |
| | | | | P | N | E | I | W | P | I | I | I | R | T |
| | | | | E | U | B | D | B | I | O | R | R | J | U |
| M | Q | Q | U | R | L | A | | | | J | F | D | H | S |
| Y | I | E | G | X | A | D | | | | K | S | V | A | D |
| X | V | M | I | R | C | P | | | | Q | I | L | L | M |
| K | A | F | O | S | O | T | N | A | S | H | G | S | T | H |
| F | U | J | M | S | S | A | O | P | A | U | L | O | X | G |

# Auf dem Platz

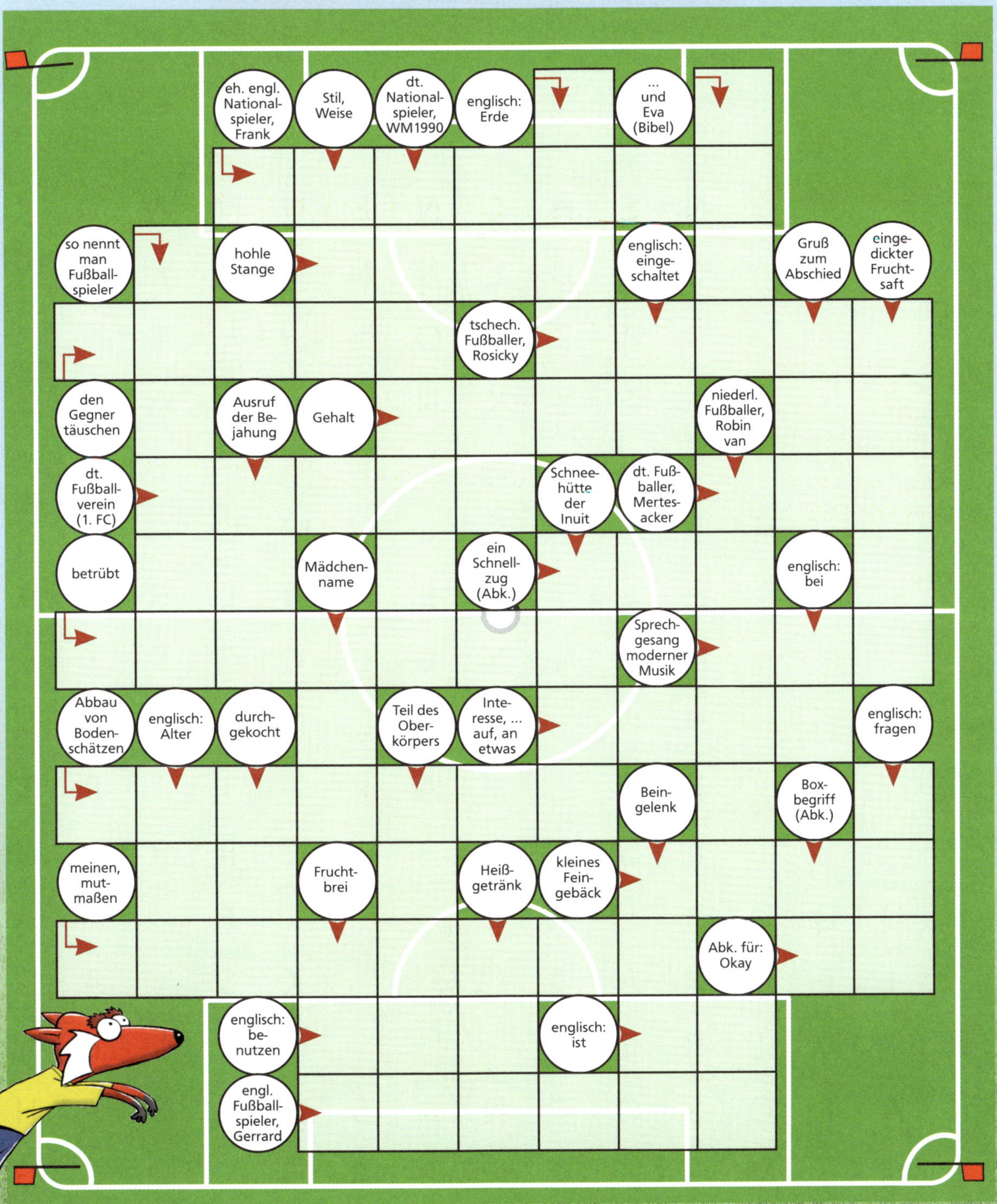

## Fußball-Rechnen

Bei Länderspielen beträgt die Länge eines Fußballfeldes mindestens 100 m und höchstens 110 m, die Breite mindestens 64 m und höchstens 75 m.

**1.** Welcher ist der kleinstmögliche Flächeninhalt und welcher der größtmögliche?

**2.** Wie groß ist die Differenz?

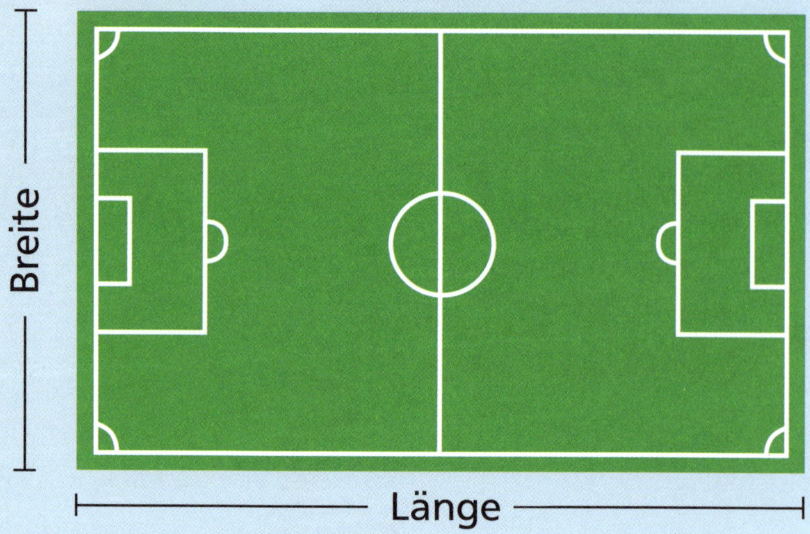


## Vor- oder Nachname

Die Vor- oder Nachnamen von drei bekannten Vereinstrainern werden hier gesucht. Wenn du ihre Namen in den blau hinterlegten Feldern im Rätsel ergänzt, kannst du sicher auch die anderen Begriffe im Rätsel lösen.

**Jürgen** ____________

**Christoph** ____________

____________ **Magath**

| | | | | | | | | |
|---|---|---|---|---|---|---|---|---|
| I | | R | | K | | O | | P |
| | A | | M | | O | | I | |
| I | | D | | Z | | L | | E |
| | D | | | | W | | Z | |
| T | | | | D | | | | T |
| | M | | G | | | | C | |
| F | | L | | X | | B | | E |
| | H | | N | | B | | I | |
| E | | P | | L | | L | | A |

## Speichenrätsel

Verbinde die Felder durch Speichen, die waagrecht, senkrecht oder diagonal eingezeichnet werden dürfen. Die Speichen dürfen sich aber nicht überschneiden. Die Zahlen in den Feldern geben an, wie viele Speichen von dem entsprechenden Feld ausgehen.

## Sudoku-Cross

Statt Zahlen sollen bei diesem Sudoku die Buchstaben **D E K N O R S U V** jeweils einmal auf den waagrechten und den senkrechten Zeilen und zudem auf den Diagonalen eingetragen werden. Zum Schluss ergibt sich in den neun nummerierten Feldern das Lösungswort.

| | | | | | | | | |
|---|---|---|---|---|---|---|---|---|
| E | V | 4 | | K | | | R | U |
| O | 3 | S | | U | | K | D | E |
| S | K | | D | E | | | U | N |
| | | 7 | U | | S | V | | |
| | N | K | S | | E | D | 2 | |
| R | | V | | 1 | D | U | | O |
| 8 | U | | | D | R | | S | 5 |
| D | O | N | | S | 6 | 9 | K | V |
| N | D | | | R | | | V | S |

| 1 | 2 | 3 | 4 | 5 | 6 | 7 | 8 | 9 |
|---|---|---|---|---|---|---|---|---|
| | | | | | | | | |

## Sprüche klopfen

Hier ergibt sich ein Ausspruch des legendären Fußballtrainers Sepp Herberger. Der Anfangsbuchstabe ist bereits markiert, nun musst du nur noch den Linien folgen!

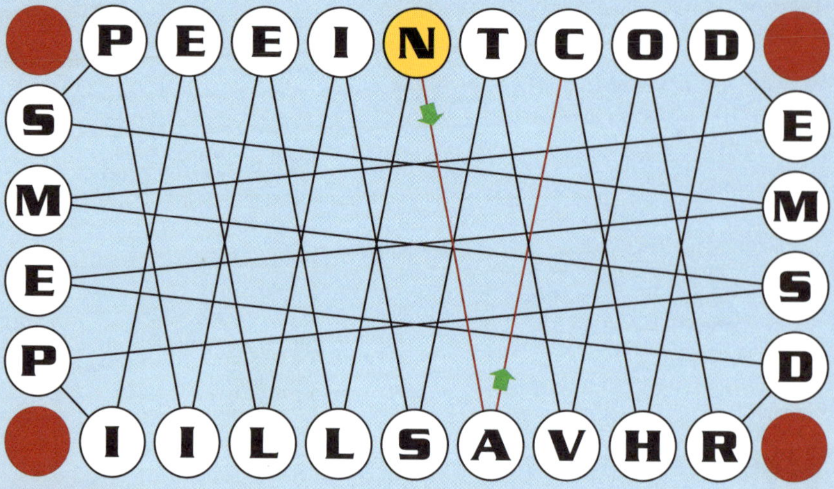


**Lösungsspruch:**

## Zuspiel

Findest du den Weg vom Start zum Ziel?

Drei Dinge musst du beachten:

1. Du darfst immer nur ein Kästchen weiterlaufen.
2. Du darfst nicht diagonal laufen.
3. Das nächste Kästchen muss das gleiche Symbol oder die gleiche Zahl haben wie das Kästchen, in dem du gerade bist.

# Der Ball ist rund

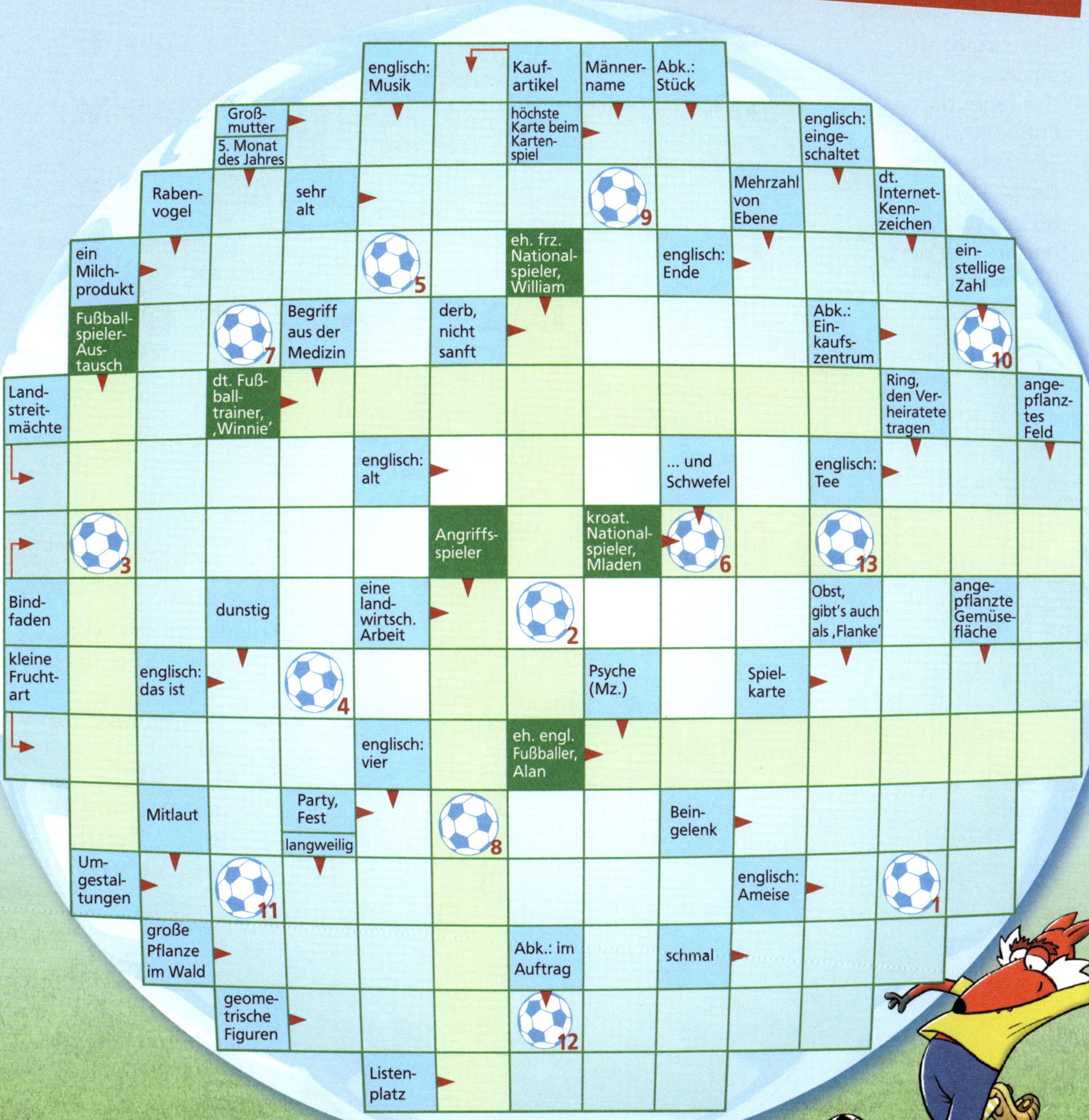

## Lösungswort:

1 2 3 4 5 6 7 8 9 10 11 12 13

In allen waagrechten Reihen werden zwei Wörter gesucht. Der Endbuchstabe des ersten ist immer der Anfangsbuchstabe des zweiten Wortes.

**1. eh. nordirischer Fußballer, George, 2. gefleckter Raubfisch (Haiart), 3. Erfolgswille, wer unbedingt gewinnen will, hat ..., 4. deutscher Fußballnationalspieler (Christian, EM 1996) 5. längster Fluss der Erde, 6. Schnur, Strick, 7. süßer Nachtisch, 8. sahniger Kuchen, 9. er darf den Ball mit der Hand spielen, 10. Kobold in Skandinavien, 11. einrädriges Fahrrad, 12. Rechtschreibübung in der Schule, die der Lehrer diktiert**

## Wortkette

**Nur diese Buchstaben kommen im Rätsel vor:**

A A A A A A A
B D D E E E E E E
E E E E E G G G H
H I I I I I I I K L L
L M N N O O O O
R R R R R R R R
S S S S T T T T
T T T W Z Z

| | | | | | | | | | | |
|---|---|---|---|---|---|---|---|---|---|---|
| 1 | | | 2 | | | | | | | |
| 3 | | | | | | 4 | | | | |
| 5 | | | | | | | 6 | | | |
| 7 | | | | | | 8 | | | | |
| 9 | | | | | | 10 | | | | |
| 11 | | | | | 12 | | | | | |

## Schüttelnamen

Welche Fußball-Begriffe verstecken sich in diesen Namen?

**URS METER**

**ART WORT**

## Kicker-Gitter

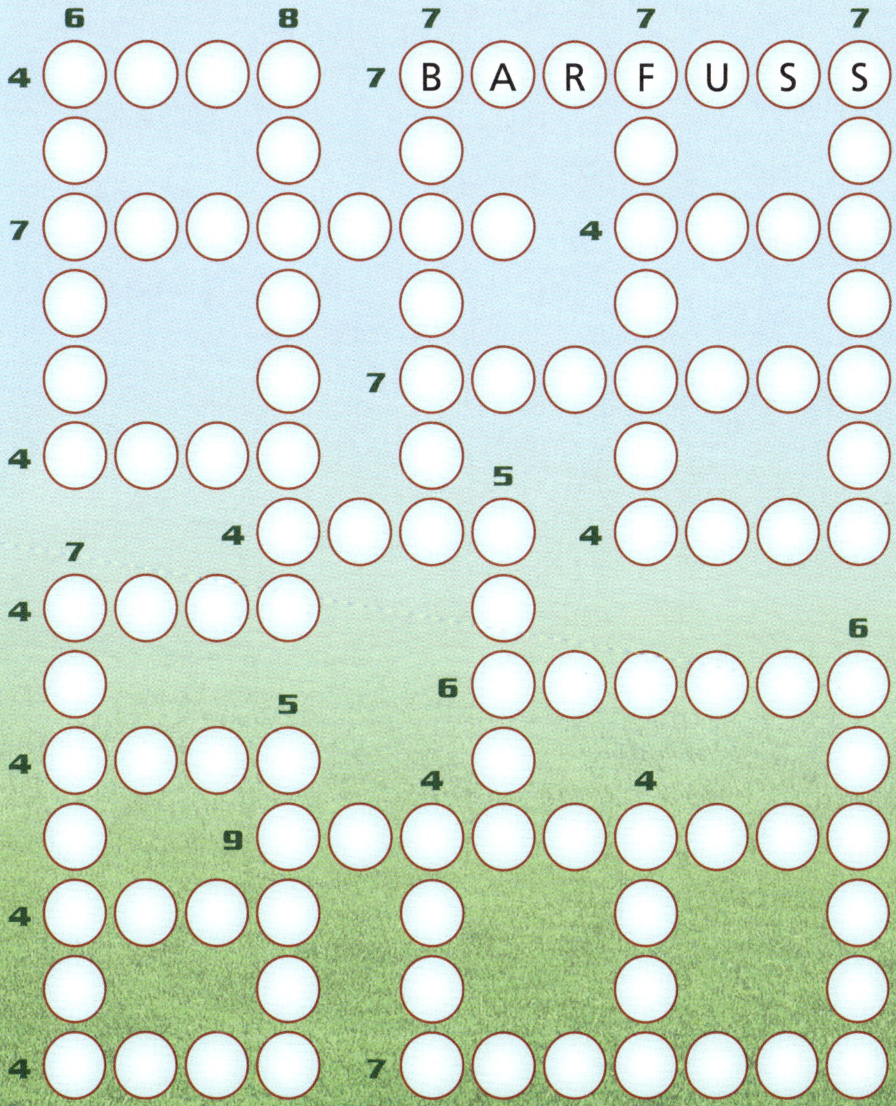


Finde für alle Wörter den richtigen Platz im Rätselgitter.

**4 Buchstaben:**
BURG – DIES – ENTE – MAMI – MOFA – NAHT – PELE – REIS – RUHE – SOHN – TONI

**5 Buchstaben:**
SCHUB – SHIRT

**6 Buchstaben:**
BAMBUS – HEKTIK – KARIES

**7 Buchstaben:**
ABSEITS – BAEUCHE – ~~BARFUSS~~ – CHELSEA – FAMILIE – MUELLER – PIRATEN – SPIRALE

**8 Buchstaben:**
GELAENDE

**9 Buchstaben:**
HAMBURGER

# Fußballstar gesucht

Erstelle deinen eigenen Steckbrief zum gesuchten Fußballstar. Wichtige Informationen über ihn findest du im Buchstabensalat. Achtung: Die Wörter können auch diagonal, rückwärts oder von unten nach oben zu lesen sein. Den Namen des Profikickers erfährst du, indem du das Bilderrätsel (sammle die angegebenen Buchstaben der Gegenstände) löst.

| | | | | | | | | | | | | | | |
|---|---|---|---|---|---|---|---|---|---|---|---|---|---|---|
| S | T | H | C | E | R | U | G | A | M | T | | | | |
| N | D | Y | Y | V | N | W | P | I | H | K | | | | |
| H | I | | | | T | G | E | B | L | Y | | | | |
| L | D | | | | E | H | G | Y | G | U | | | | |
| Z | D | | | | L | V | | | | A | | | | |
| A | N | H | C | I | R | E | | | | R | | | | |
| G | A | G | E | S | O | R | | | | F | | | | |
| P | L | W | O | R | H | H | I | S | T | G | | | | |
| S | H | A | C | C | C | E | S | A | U | N | | | | |
| T | C | M | W | F | S | I | R | C | K | U | | | | |
| U | S | | | | L | R | P | X | U | J | | | | |
| E | T | | | | E | A | M | U | E | N | C | H | E | N |
| R | U | | | | F | T | H | H | | | | I | X | F |
| M | E | E | R | Q | P | E | J | U | | | | H | Y | L |
| E | D | Q | Z | O | A | T | E | I | | | | A | Z | O |
| R | I | B | D | V | W | U | L | W | A | N | F | V | P | G |

Bild 1

Bild 2

Bild 3

Bild 4

## Steckbrief

- Name (Bilderrätsel):
- Nationalität (Land):
- Geburtsort
- Familienstand
- Verein:
  *FC Bayern ...*
- Position:
- Spielfuß:
- Sternzeichen:
- Lieblingsgetränk:
- Hobby:

## Trainer-Quiz

**Auch Jogi Löw hat eine Fußballprofi-Karriere hinter sich. Wo begann sie?**

- ◯ 1. Grasshopper Zürich
- ◯ 2. FC Schwarzwald 06
- ◯ 3. SC Freiburg

## Trainer-Quiz

**Was darf ein Trainer während des Spiels auf dem Spielfeld machen?**

- ◯ 1. Verletzte bergen
- ◯ 2. mit dem Schiedsrichter streiten
- ◯ 3. gar nichts

## Tauschrätsel

Die Buchstaben der gesuchten Wörter sind durcheinandergeraten. Setze sie zeilenweise wieder zu sinnvollen Begriffen oder Namen zusammen. Gelingt dir das, ergeben sich auch senkrecht stimmige Wörter.

| | | | | | | | | | | | | | |
|---|---|---|---|---|---|---|---|---|---|---|---|---|---|
| P | P | L | I | I | ■ | G | | I | | | | ■ | G |
| C | A | ■ | U | ■ | H | A | | | ■ | U | ■ | | |
| E | ■ | R | L | F | E | E | E | ■ | | | | | |
| S | R | I | E | ■ | L | ■ | R | E | I | S | ■ | L | ■ |
| M | ■ | N | ■ | F | D | B | M | ■ | N | ■ | | | |
| ■ | S | R | I | E | E | A | ■ | | | | | | |
| R | P | M | L | D | A | A | | | | P | | | |

## Fußball-Drudel

Was hat sich hier versteckt?

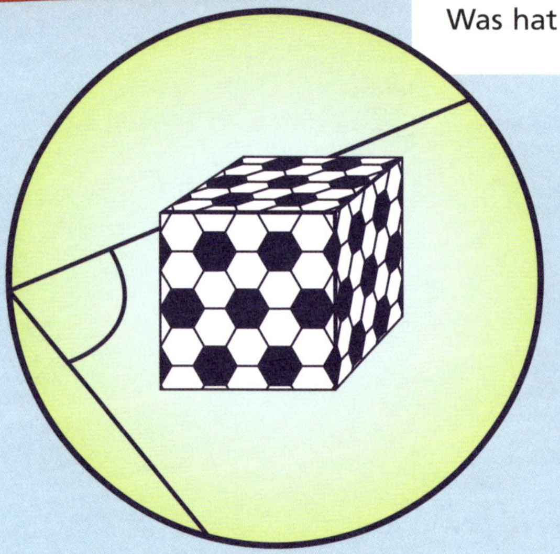

## Fehlersuche

Findest du alle fünf Fehler, durch die sich das obere Bild vom unteren unterscheidet?

# Der Ball ist rund

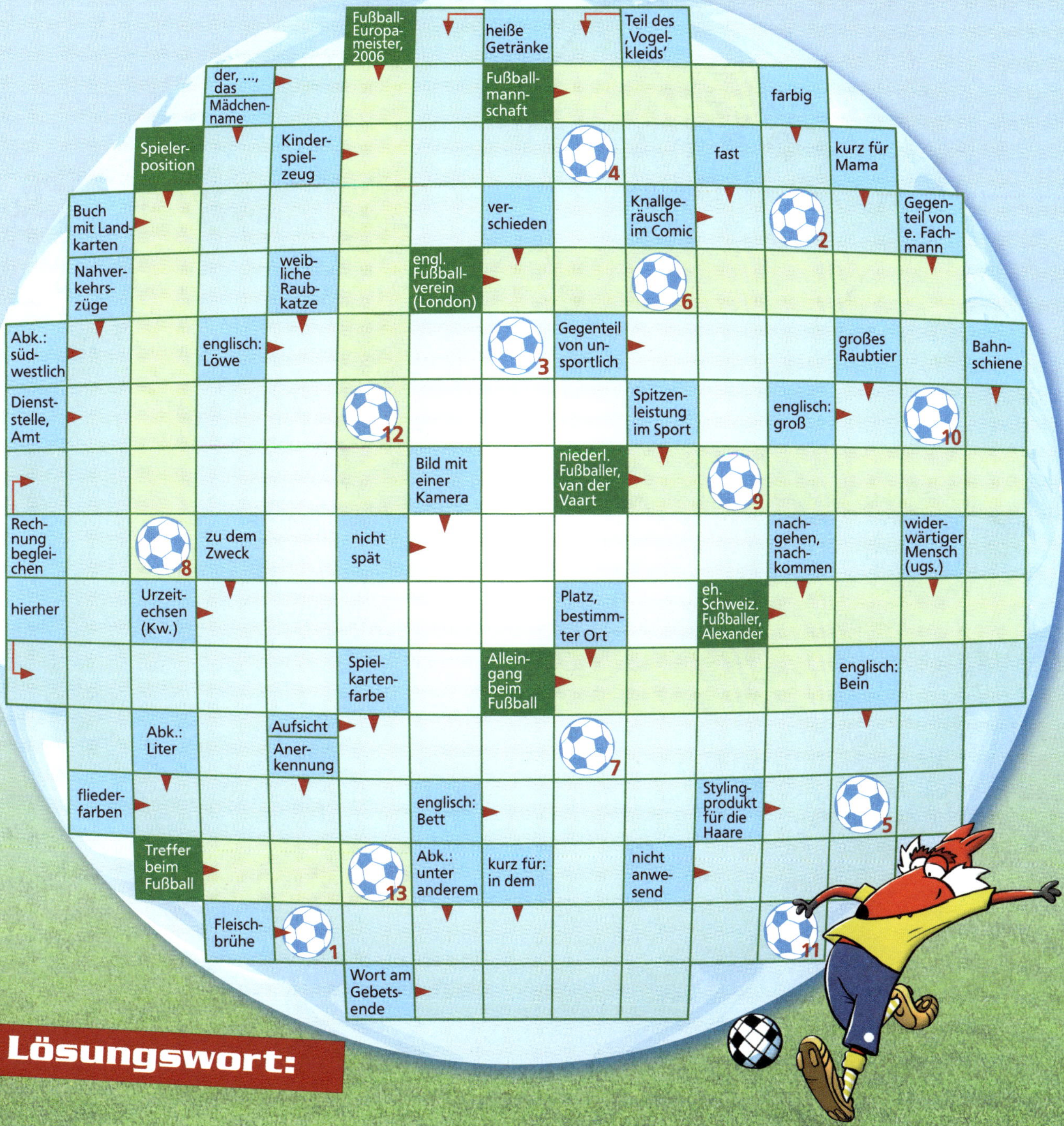


**Lösungswort:**

1 2 3 4 5 6 7 8 9 10 11 12 13

# Trikot-Tausch

Wie viele Trikots siehst du hier? Schätze zuerst die Anzahl, bevor du nachzählst. Wie viele gibt es in jeder Farbe?
Trage deine Lösungen links in die Felder ein.

blaue Trikots

grüne Trikots

rote Trikots

alle Trikots

## Zahlenkreuzwort

Bei diesem Rätsel helfen dir die Beschreibungen, aber auch die angegebenen Zahlen. Gleiche Zahlen bedeuten gleiche Buchstaben!

Trage die gefundenen Buchstaben gleich in den Zahlenschlüssel ein!

| | | | | | | | |
|---|---|---|---|---|---|---|---|
| Edelsteine | 18 | 19 | 21 | 2 | 3 | 2 | 4 |
| getrocknete Trauben | 20 | 12 | 1 S | 16 | 4 | 2 | 4 |
| vermischen, Teig ... | 20 | 19 | 2 | 13 | 20 | 2 | 4 |
| eh. frz. Nationalspieler, Éric | 10 | 5 | 4 | 17 | 12 | 4 | 5 |
| freundlich gesinnt | 8 Z | 19 | 15 | 2 E | 17 | 5 | 4 |
| Werksküche, Cafeteria | 7 K | 5 | 4 | 17 | 16 | 4 | 2 |
| die Gesundheit fördernd, die Medizin ist ... | 13 | 2 | 16 | 3 L | 1 | 5 | 22 |
| dt. Fußballer, Jérôme | 9 | 12 | 5 | 17 | 2 | 4 | 15 |
| längliche Kapselfrüchte, Zucker... | 1 | 10 C | 13 | 12 | 17 | 2 | 4 |
| Kriminelle, Gangster | 15 | 5 | 4 | 12 | 14 | 2 | 4 N |
| bestens, genau richtig | 12 O | 11 | 17 | 16 | 22 | 5 | 3 |
| österreichischer Exfußballstar, Toni | 11 | 12 | 3 | 1 | 17 | 2 | 20 |
| Sportgefährt mit zwei Rädern | 20 | 2 | 4 | 4 | 20 | 5 A | 6 |
| der Mode nicht unterworfen, „ohne Zeit" | 8 | 2 | 16 | 17 | 3 | 12 | 1 |

| | |
|---|---|
| 1 | |
| 2 | |
| 3 | |
| 4 | |
| 5 | |
| 6 | |
| 7 | |
| 8 | |
| 9 | |
| 10 | |
| 11 | |
| 12 | |
| 13 | |
| 14 | |
| 15 | |
| 16 | |
| 17 | |
| 18 | |
| 19 | |
| 20 | |
| 21 | |
| 22 | |

# Auf dem Platz

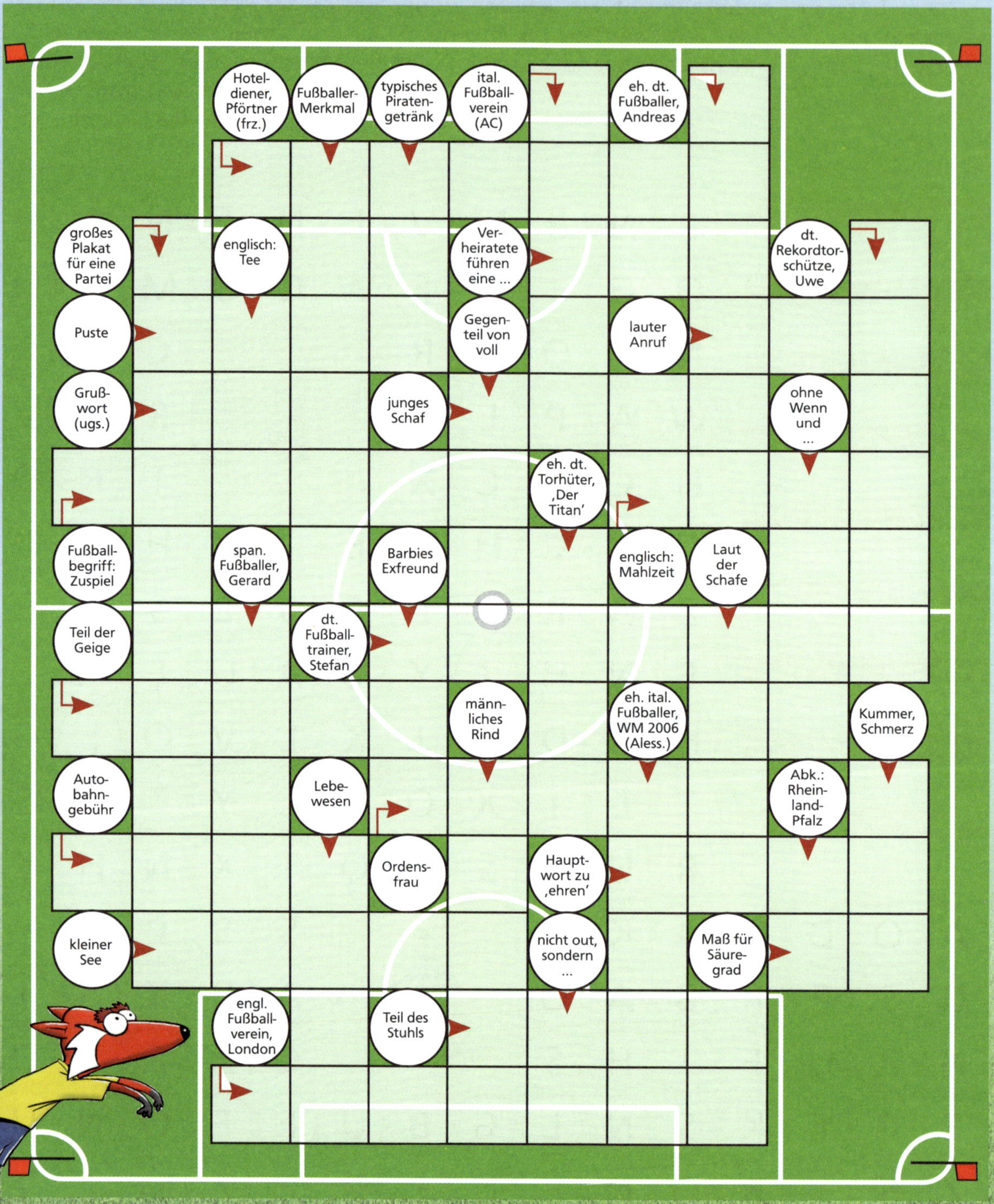

# Welttorhüter gesucht

Neun Torhüter werden gesucht. Sie gehören zu den besten der Welt, denn alle wurden einmal oder mehrmals mit dem Titel „Welttorhüter“ ausgezeichnet. Ihre Vornamen und das Land, für das sie spielen oder spielten, sind bereits eingetragen. Suche ihre Nachnamen im Rätsel und trage sie an der richtigen Stelle in die Liste ein.

## Beste Torhüter

- Iker *(Spanien)*
- Gianluigi *(Italien)*
- Petr *(Tschechien)*
- Oliver *(Deutschland)*
- Fabien *(Frankreich)*
- José Luis *(Paraguay)*
- Manuel *(Deutschland)*
- Peter *(Dänemark)*
- Walter *(Italien)*

| | | | | | | | | | | | | | | |
|---|---|---|---|---|---|---|---|---|---|---|---|---|---|---|
| | | | | P | N | B | M | V | L | N | A | N | J | V |
| | | | | Q | G | J | A | F | W | G | O | M | I | U |
| | | | | N | T | O | H | R | | | | C | R | I |
| | | | | W | A | P | L | V | | | | R | T | V |
| | | | | H | C | E | C | X | | | | I | R | O |
| | | | | U | S | C | H | M | E | I | C | H | E | L |
| | | | | Z | W | R | C | E | F | S | L | S | V | B |
| | | | | E | N | H | J | Y | L | A | U | L | A | E |
| | | | | H | O | D | D | I | K | L | V | O | L | G |
| | | | | T | L | T | X | O | D | L | Y | T | I | S |
| | | | | R | U | S | S | H | Q | I | X | N | H | K |
| A | O | D | O | A | K | U | | | | S | S | P | C | Y |
| G | J | E | R | B | A | Q | | | | A | B | X | A | I |
| N | R | U | F | I | H | S | | | | C | H | F | E | D |
| E | G | F | K | S | N | L | G | B | U | F | F | O | N | U |
| Z | S | Y | R | O | N | E | U | E | R | E | Z | M | I | J |

| | | | | | | | | |
|---|---|---|---|---|---|---|---|---|
| (7) | | | F | | | S | | (6) |
| | B | | A | | F | T | E | |
| A | F | I | | (5) | | O | | |
| | E | | | B | | (4) | | F |
| | (9) | | T | R | B | | | |
| E | | (1) | | I | | | S | |
| | | S | | | | F | R (2) | A |
| | I | O | E (3) | | R | | A | |
| | | B | | | S (8) | | | |

| 1 | 2 | 3 | 4 | 5 | 6 | 7 | 8 | 9 |
|---|---|---|---|---|---|---|---|---|
| | | | | | | | | |

## Sudoku-Cross

Statt Zahlen sollen bei diesem Sudoku die Buchstaben **A B E F I O R S T** jeweils einmal auf den waagrechten und den senkrechten Zeilen und zudem auf den Diagonalen eingetragen werden. Zum Schluss ergibt sich in den neun nummerierten Feldern das Lösungswort.

## Fußball-Wabe

Setze die Buchstaben des Wortes L I B E R O so um jede rote Wabe, dass jeder Buchstabe genau einmal vorkommt. Gleiche Buchstaben dürfen dabei nicht in benachbarten Feldern stehen.

## Fußball-ABC

Kennst du dich mit Fußballbegriffen aus? Dann findest du sicher schnell heraus, was hier beschrieben wird, und kannst die fehlenden Wörter in den Lücken ergänzen.

**Lösung:**

?

Das ist eine besondere Art der ________.
Der ________ wird mit viel Schwung um einen Gegner herumgeschossen. Er fliegt dann krumm wie eine ________.
Der ________ dreht sich ganz schnell und kann auch schon mal wegflitschen. Die ____________ ist ein echter Kunstschuss!

## Vornamen gesucht

Die Vornamen von sechs internationalen Fußballspielern oder -trainern werden hier gesucht. Wenn du ihre Namen in den blau hinterlegten Feldern im Rätsel ergänzt, kannst du sicher auch die anderen Begriffe im Rätsel lösen.

| | | | | | | | | |
|---|---|---|---|---|---|---|---|---|
| I | | P | | K | | R | | M |
| | A | | K | | G | | G | |
| M | | E | | P | | V | | L |
| | D | | | | T | | L | |
| R | | | | C | | | | F |
| | J | | T | | | | E | |
| H | | R | | E | | R | | A |
| | N | | E | | J | | H | |
| F | | H | | E | | N | | K |

________ Benzema

________ van Bommel

________ Nedved

________ Dzeko

________ Lampard

________ Terry

# Der Ball ist rund

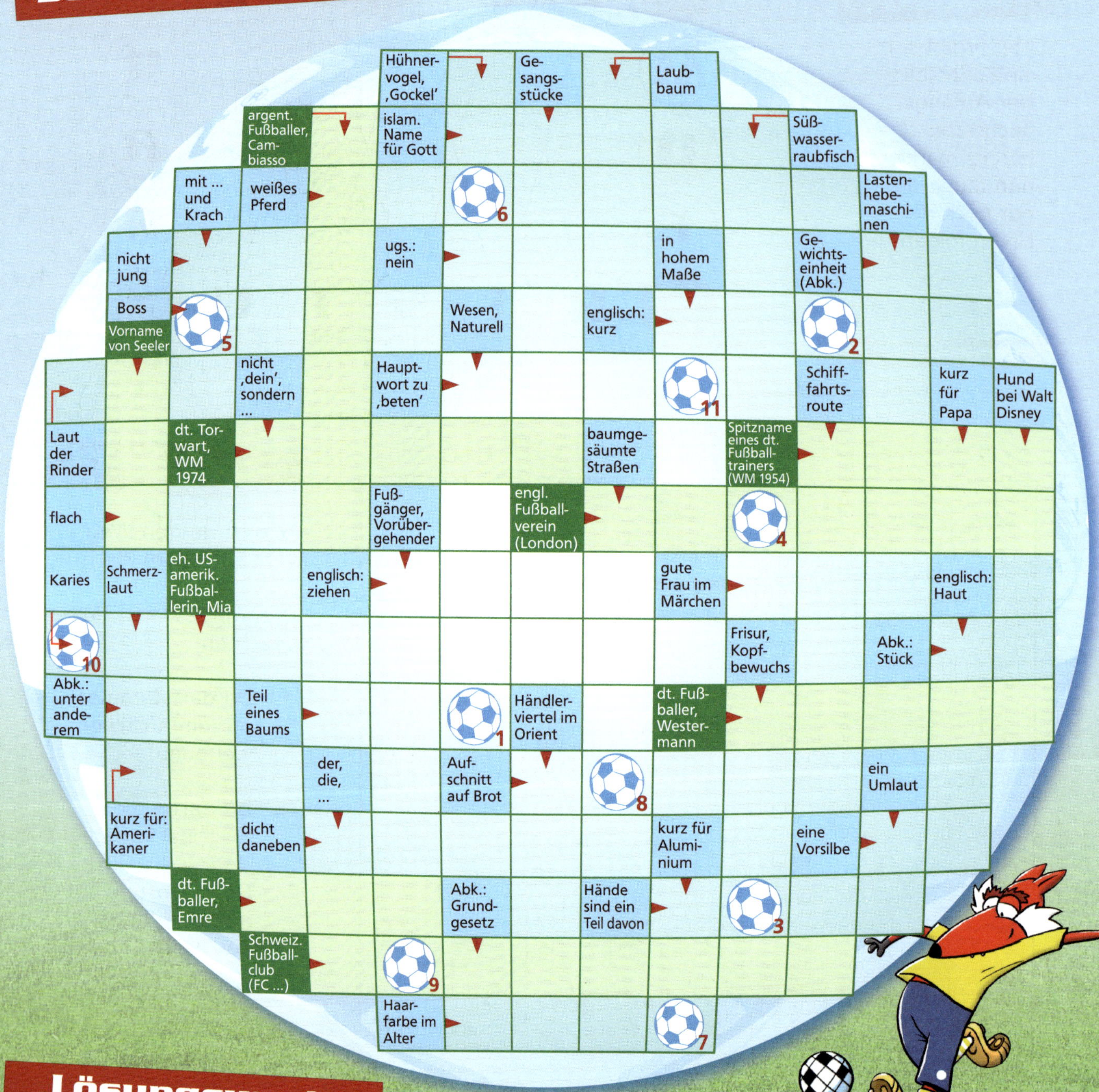


## Lösungswort:

1 2 3 4 5 6 7 8 9 10 11

## Sprüche klopfen

Hier ergibt sich ein Fußballtitel. Der Anfangsbuchstabe ist bereits markiert, nun musst du nur noch den Linien folgen!

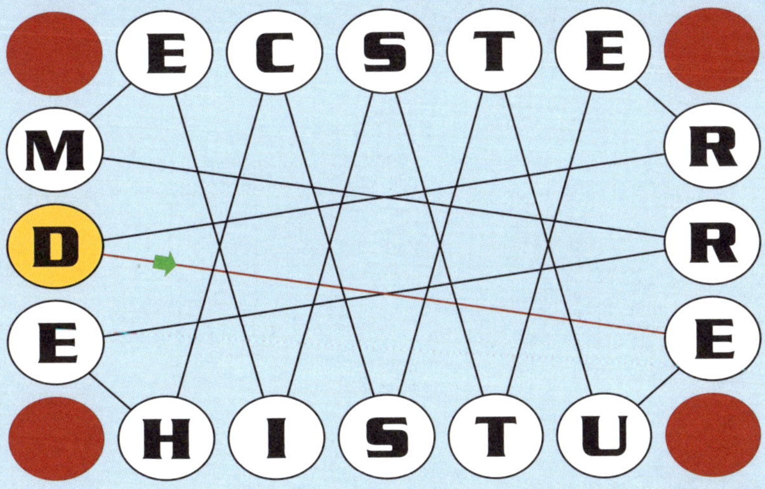


**Lösungswort:**

______________________________

## Zuspiel

Findest du den Weg vom Start zum Ziel?

Drei Dinge musst du beachten:

1. Du darfst immer nur ein Kästchen weiterlaufen.
2. Du darfst nicht diagonal laufen.
3. Das nächste Kästchen muss das gleiche Symbol oder die gleiche Zahl haben wie das Kästchen, in dem du gerade bist.

## Knobelei

Welcher Würfel von A bis F kann aus dem Netz links gefaltet werden?

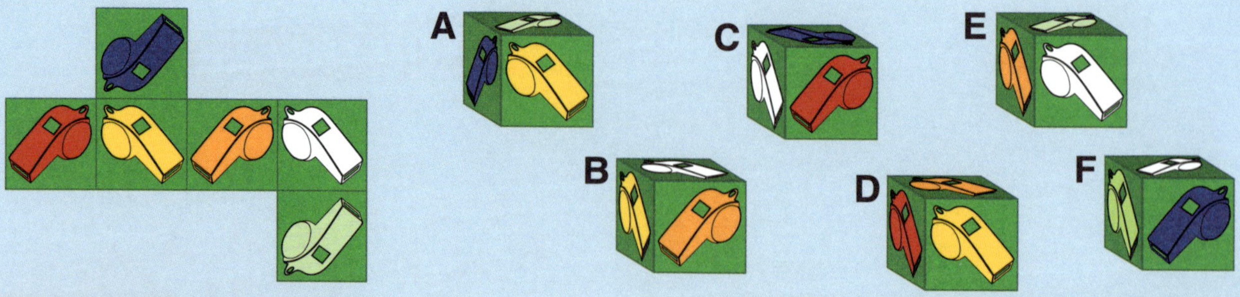


## Kicker-Gitter

Finde für alle Wörter den richtigen Platz im Rätselgitter.

**4 Buchstaben:**
DAME – ERDE – FANS – HDUR – KAHN – LARS – LECK – LIVE – NETZ – OPAS – RANG

**5 Buchstaben:**
SUCHT – ZWERG

**6 Buchstaben:**
CRUYFF – FALTEN – FISCHE

**7 Buchstaben:**
KANZLER – KIRSTEN – KOERNER – ~~LAERMEN~~ – SCHWENK – SELECAO – STAPLER – WODURCH

**8 Buchstaben:**
SAEUSELN

**9 Buchstaben:**
WELTPOKAL

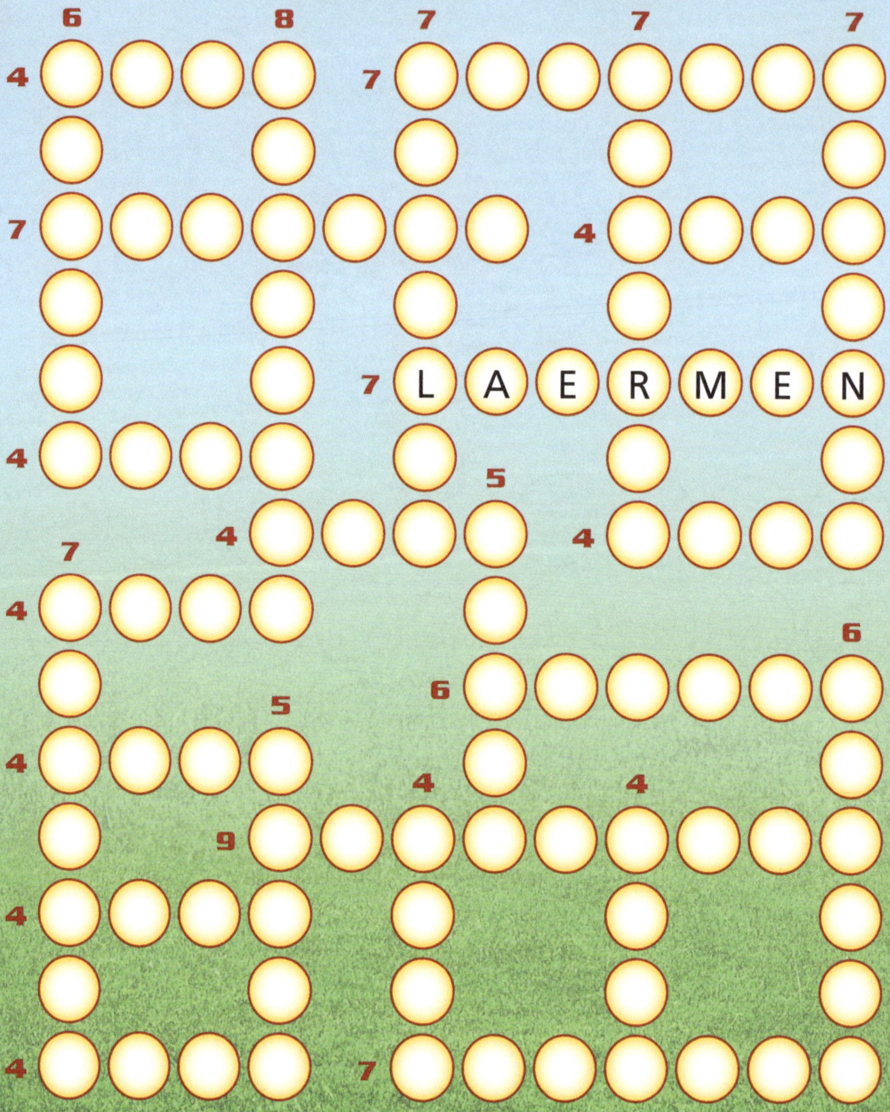

In allen waagrechten Reihen sind zwei Wörter gesucht. Der Endbuchstabe des ersten ist immer der Anfangsbuchstabe des zweiten Wortes.

**1. gelbe Frühlingsblumen, 2. natürliche Umwelt, draußen in der ..., 3. Wirkungen, Resultate, 4. Kraft, Kraftwerke erzeugen: ..., 5. europäischer Fußballverband (Abk.), 6. späte Mahlzeit, 7. Gegenteil von Anfangspunkt, Ziel, 8. eine Konferenz, 9. dt. Fußball-Teamchef, 1984–1990, 10. „Drahtesel" (Kurzwort), 11. aufrichtig, nicht gelogen, 12. mexikan. Nationalspieler, Héctor**

# Wortkette

**Nur diese Buchstaben kommen im Rätsel vor:**

**A A A A A A A B B B C C D D D E E E E E E E E E E E E E E E E E E E E E E E F F F G G G H H I I I K K K L N N N N N N N N P R R R R R R R R R S S S S T T T U U U U U Z**

| | | | | | | | | | | | | |
|---|---|---|---|---|---|---|---|---|---|---|---|---|
| 1 | | | | | | | | 2 | | | | |
| 3 | | | | | | 4 | | | | | | |
| 5 | | | 6 | | | | | | | | | |
| 7 | | | | | | | 8 | | | | | |
| 9 | | | | | | | | | | 10 | | |
| 11 | | | | | | 12 | | | | | | |

**Club-Quiz**

**Wie heißt der wichtigste Wettbewerb europäischer Fußballvereine?**

- ◯ 1. Champignons Ligue
- ◯ 2. Champagner-Liga
- ◯ 3. Champions League

**Club-Quiz**

**Welcher der folgenden Clubs kommt nicht aus London?**

- ◯ 1. FC Everton
- ◯ 2. FC Arsenal
- ◯ 3. Crystal Palace

## Tauschrätsel

Die Buchstaben der gesuchten Wörter sind durcheinandergeraten. Setze sie zeilenweise wieder zu sinnvollen Begriffen oder Namen zusammen. Gelingt dir das, ergeben sich auch senkrecht stimmige Wörter.

| | | | | | | |
|---|---|---|---|---|---|---|
| U | S | M | M | L | H | E |
| T | M | E | A | ■ | E | ■ |
| M | ■ | M | ■ | L | I | D |
| ■ | R | P | I | D | A | ■ |
| U | S | A | ■ | N | ■ | V |
| ■ | H | ■ | O | N | I | D |
| R | P | N | M | L | E | E |

| | | | | | | |
|---|---|---|---|---|---|---|
| | U | | | E | | |
| | | A | | ■ | | ■ |
| | ■ | M | ■ | L | | |
| ■ | | | | | D | ■ |
| | U | | ■ | | ■ | |
| ■ | | ■ | | I | | |
| | E | | | | | |

## Fußballstar gesucht

Erstelle deinen eigenen Steckbrief zum gesuchten Fußballstar. Wichtige Informationen über ihn findest du im Buchstabensalat. Achtung: Die Wörter können auch diagonal, rückwärts oder von unten nach oben zu lesen sein. Den Namen des Profikickers erfährst du, indem du das Bilderrätsel (sammle die angegebenen Buchstaben der Gegenstände) löst.

| | | | | | | | | | | | | | | |
|---|---|---|---|---|---|---|---|---|---|---|---|---|---|---|
| N | F | Q | N | E | G | N | O | R | D | V | | | | |
| H | A | G | Z | G | S | D | P | S | B | I | | | | |
| E | Z | | | | Q | M | B | F | N | E | | | | |
| Z | N | | | | T | E | N | D | C | R | | | | |
| B | A | | | | L | N | | | | Z | | | | |
| E | J | O | C | G | C | Q | | | | I | | | | |
| I | S | X | I | D | I | N | | | | G | | | | |
| S | V | E | H | Q | D | X | C | C | H | P | | | | |
| U | N | Q | O | L | X | S | T | A | R | G | | | | |
| M | A | N | C | H | E | S | T | E | R | B | | | | |
| D | R | | | | L | Q | S | J | G | K | | | | |
| J | Q | | | | R | T | Y | G | F | C | R | P | A | T |
| K | L | | | | H | O | I | Q | | | | E | U | P |
| D | T | O | N | C | A | D | A | C | | | | R | B | C |
| Q | J | L | E | A | E | Y | D | V | | | | K | G | S |
| Z | M | R | K | L | B | O | I | I | G | F | G | D | N | Z |

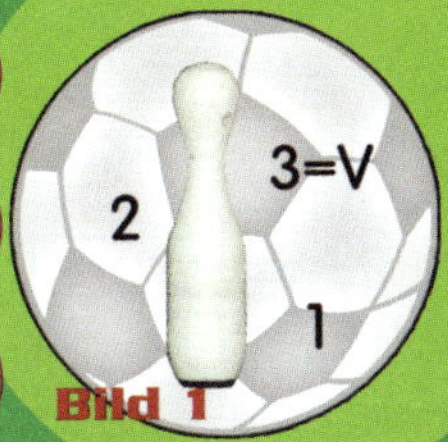

Bild 1

Bild 2

Bild 3

Bild 4

### Steckbrief

- Name (Bilderrätsel):
- Nationalität (Land):
- Geburtsort:
- Familienstand:
- Verein:
  *... City*
- Spielfuß:
- Rückennummer:
- Anzahl Länderspiele:
  *(Stand 2015)*
- Sternzeichen:

# Auf dem Platz

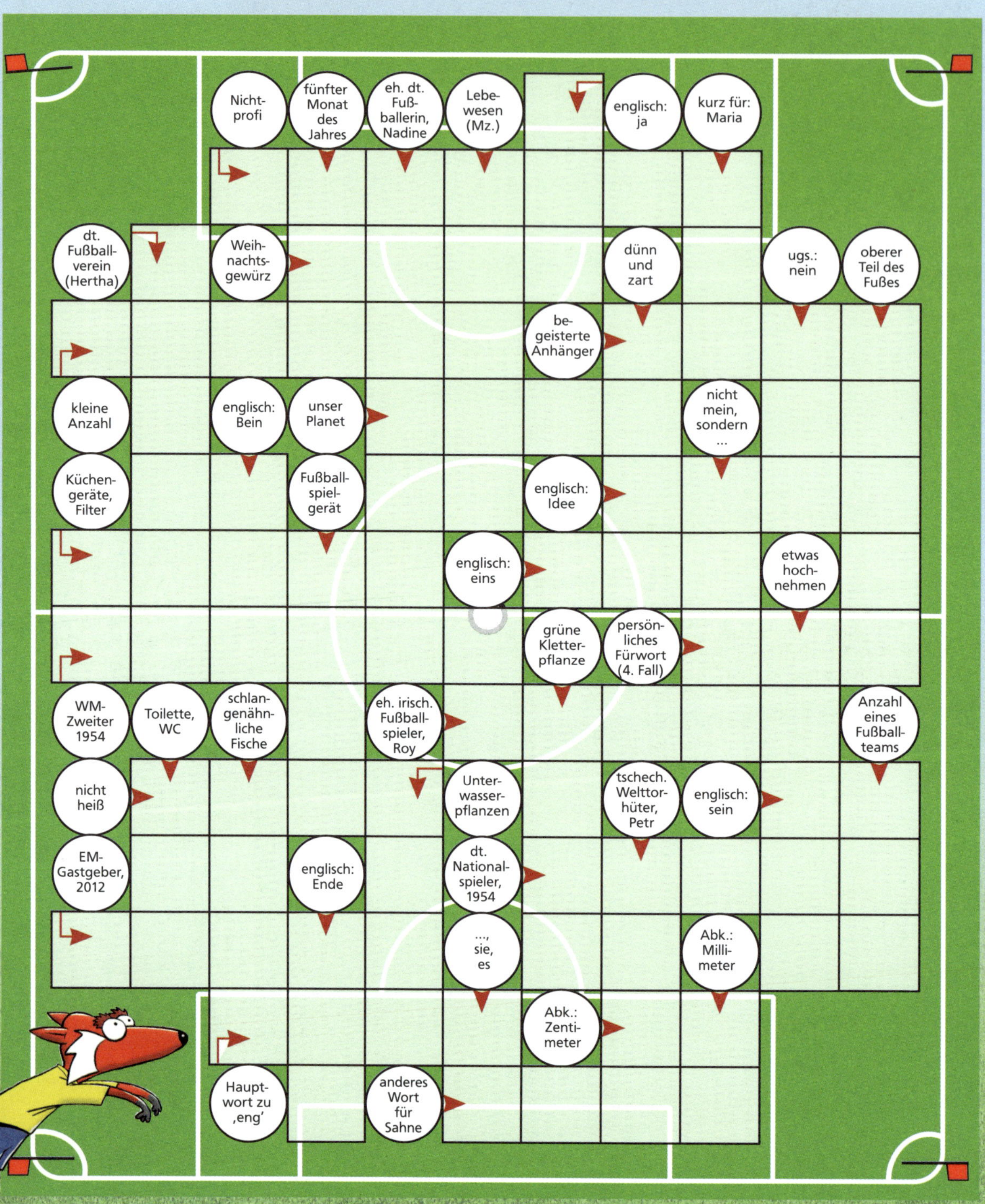

## Socken-Rätsel

In den Socken sind Buchstaben versteckt. Trage die Buchstaben, den jeweiligen Mustern zugeordnet, in die leeren Kästchen ein und du erhältst, von oben nach unten gelesen, das gesuchte Lösungswort.

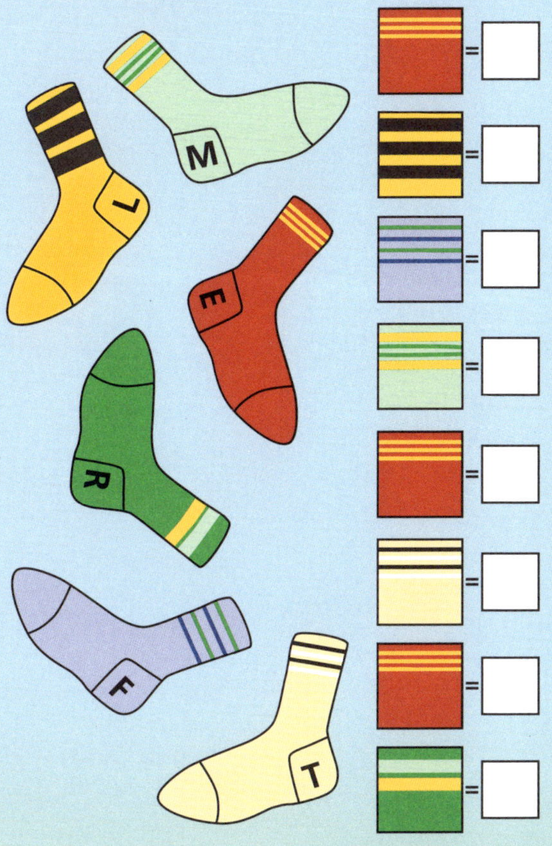

## Fehlersuche

Findest du alle fünf Fehler, durch die sich das obere Bild vom unteren unterscheidet?

## Zahlenkreuzwort

Bei diesem Rätsel helfen dir die Beschreibungen, aber auch die angegebenen Zahlen. Gleiche Zahlen bedeuten nämlich gleiche Buchstaben!

| | | | | | | | |
|---|---|---|---|---|---|---|---|
| Wohnort und Straße auf einem Brief | 11 | 12 | 13 | 4 | 8 | 8 | 4 |
| Vorname von Fußballer Lahm | 2 | 14 | 10 | 7 | 10 | 2 | 2 |
| Elfmeter auf englisch | 2 | 4 | 3 | 11 | 7 | 5 | 1 Y |
| Die … , dein Freund und Helfer | 2 | 18 | 7 | 10 | 9 | 4 | 10 |
| Ball kontrolliert anhalten | 8 | 5 | 18 | 2 P | 2 | 4 | 3 |
| abgeschlossen, etwas ist … | 17 | 4 | 4 | 3 | 12 | 4 | 5 |
| geschmacklos, ohne Stil | 8 | 5 | 10 | 7 | 7 | 18 | 8 |
| Bewohner eines Erdteils (Mz.) | 11 | 8 | 10 | 11 | 5 | 4 | 3 N |
| Rabenvögel, die gerne etwas stehlen | 4 | 7 | 8 | 5 | 4 | 13 | 3 |
| gegen Masern gibt es eine … | 10 | 15 | 2 | 16 | 6 | 3 | 19 |
| sanft regnen | 3 | 10 | 4 | 8 | 4 E | 7 | 3 |
| schriftliche Notiz, … ins Klassenbuch | 4 | 10 | 3 | 5 | 13 | 11 | 19 |
| Mehrzahl von Umzug | 6 | 15 | 9 | 6 | 4 | 19 | 4 E |
| Hang, Schräge | 3 | 4 | 10 | 19 | 6 | 3 | 19 |

| | |
|---|---|
| 1 | |
| 2 | |
| 3 | |
| 4 | |
| 5 | |
| 6 | |
| 7 | |
| 8 | |
| 9 | |
| 10 | |
| 11 | |
| 12 | |
| 13 | |
| 14 | |
| 15 | |
| 16 | |
| 17 | |
| 18 | |
| 19 | |

Trage die gefundenen Buchstaben gleich in den Zahlenschlüssel ein!

## Labyrinth

Welcher der Spieler trifft ins Tor?

## Ballvergleich

Die Ballausschnitte sehen sich sehr ähnlich, aber nur zwei Teile sind identisch. Welche?

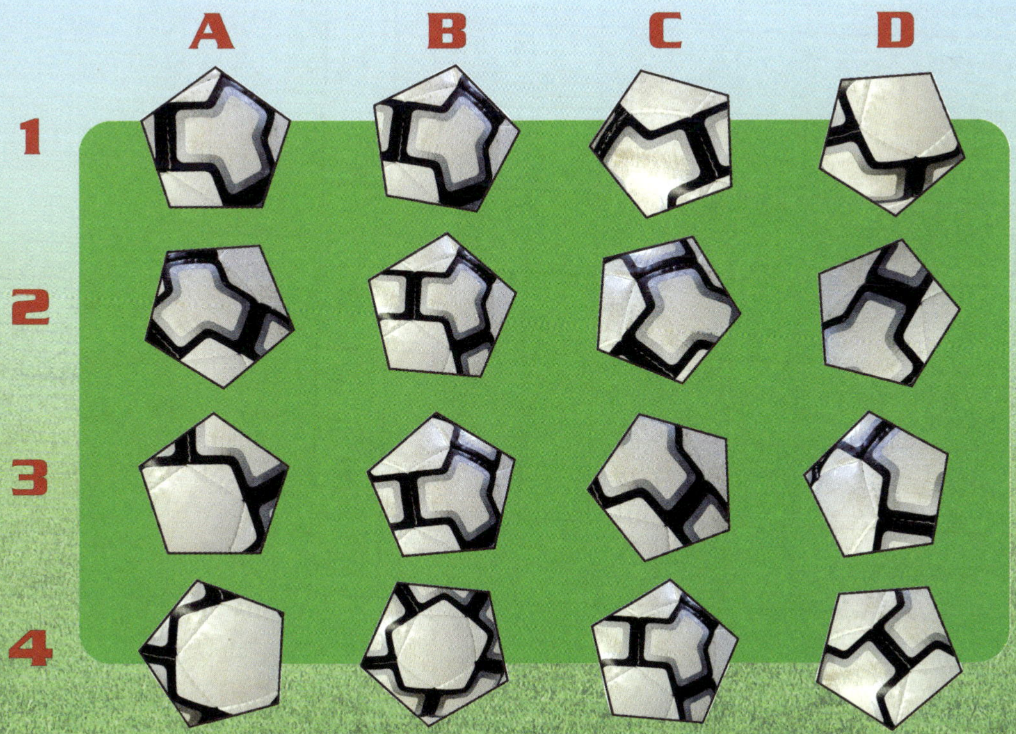

# Torschützen gesucht

Acht der erfolgreichsten Torschützen der Welt werden hier gesucht. Ihre Vornamen (wenn möglich), das Land, für das sie spielen, und die Anzahl der Tore bei Weltmeisterschaften sind bereits eingetragen. Suche ihre Nachnamen im Rätsel und trage sie an der richtigen Stelle in die Rangliste ein.

## Beste WM-Torschützen

| Rang | Land | Tore |
|---|---|---|
| 1 | Deutschland | 16 |
| | *Miroslav* | |
| 2 | Brasilien | 15 |
| | | |
| 3 | Deutschland | 14 |
| | *Gerd* | |
| 4 | Frankreich | 13 |
| | *Just* | |
| 5 | Brasilien | 12 |
| | | |
| 6 | Deutschland | 11 |
| | *Jürgen* | |
| 7 | Argentinien | 10 |
| | *Gabriel* | |
| 7 | Deutschland | 10 |
| | *Helmut* | |

| | | | | | | | | | | | | | | |
|---|---|---|---|---|---|---|---|---|---|---|---|---|---|---|
| | | | | B | V | E | Z | Z | D | X | Z | P | J | U |
| | | | | W | A | Y | H | C | J | I | H | E | Y | P |
| | | | | I | D | T | L | I | | | | R | G | S |
| | | | | L | B | Q | I | M | | | | B | X | D |
| | | | | B | S | O | E | S | | | | O | N | Z |
| | | | | L | Z | K | L | A | T | A | L | I | A | K |
| | | | | R | H | Q | O | T | G | U | K | V | Q | S |
| | | | | E | A | K | S | D | D | O | T | I | F | C |
| | | | | K | Z | H | V | K | L | K | O | A | E | W |
| | | | | L | M | P | N | T | C | A | J | V | B | E |
| | | | | R | E | L | L | E | U | M | N | S | S | M |
| Z | K | P | B | J | N | Q | | | | X | N | O | V | Q |
| P | Q | X | J | D | G | Y | | | | F | L | G | R | O |
| E | H | L | E | L | R | X | | | | K | G | Q | B | F |
| L | N | N | A | M | S | N | I | L | K | N | H | P | I | A |
| E | F | O | N | T | A | I | N | E | M | O | Z | O | R | E |

# Auf dem Platz

span. Fußballspieler, Jordi
gewöhnlicher Wochentag
englisch: Ameise
Gegenteil von ‚Böses'
Abk.: Stück
nicht quer
Zuckerkranker
Abk.: Ruderclub
Geräusch der Hupe
früher, in der Vergangenheit
dt. Nationalspieler, ‚Berni', 1954
englisch: arm
int. Kfz-K. Dänemark
ungar. Torwart, Gábor
niederl. Trainer, Marco van
Fußhebel am Fahrrad
Deckschicht, Auflage
tschech. Nationalspieler, Milan
eh. schott. Fußballer, Kenny
Sieger beim Wettlauf
Kosewort für Vater (engl.)
tschech. Torwartlegende, Ivo
Kanne, Gefäß mit Henkel
Empfang einer Sache
ein Bindewort: während
Schienenfahrzeug
Salatpflanze
englisch: blau
eingeschaltet
englisch: Pünktchen
eine Augenfarbe
einstellige Zahl
Sport-Moderator, Gerhard
Treffer beim Fußball
englisch: uns
Abk.: zum Teil
scheues Waldtier

## Kniffliges Wortversteck

Welcher Fußballbegriff hat sich hier versteckt?

**Tipp:**
Es wird nur jeder vierte Buchstabe gelesen!

| | | | | | | |
|---|---|---|---|---|---|---|
| O | I | G | F | Ä | M | B |
| A | X | R | U | L | U | E |
| R | L | U | Q | I | R | M |
| A | Ö | Ü | B | E | J | C |
| K | Z | I | K | W | U | L |
| Z | O | G | S | I | A | H |
| L | E | G | F | Ü | H | I |
| N | G | E | D | P | C | R |



## Spitz- oder Beiname

Die Spitz- oder Beinamen von drei Mannschaften oder Vereinen werden hier gesucht. Wenn du ihre Namen in den blau hinterlegten Feldern im Rätsel ergänzt, kannst du sicher auch die anderen Begriffe im Rätsel lösen.

| | | | | | | | | |
|---|---|---|---|---|---|---|---|---|
| ■ | W | | R | K | | E | L | |
| R | ■ | B | ■ | ■ | C | ■ | ■ | O |
| U | ■ | E | ■ | ■ | H | ■ | ■ | N |
| | I | | T | R | | C | H | |
| S | ■ | ■ | ■ | ■ | B | ■ | ■ | A |
| | R | I | | O | | O | R | |
| U | ■ | ■ | A | ■ | O | ■ | ■ | N |
| N | ■ | ■ | F | ■ | N | ■ | ■ | E |
| | R | U | | B | | L | N | ■ |

**Spitzname von Bayer Leverkusen:**

„ ______ “

„ ______ Frankfurt“

„Equipe ______ “

## Sudoku-Cross

| | | | | | | | | |
|---|---|---|---|---|---|---|---|---|
| Y | E | A | T | | | Q | R | M |
| 9 | R | L | | Y | M | U | T | 6 |
| L | | M | | U | 7 | | | |
| | T | | 2 | Q | L | E | | |
| T | Q | E | | | 4 | M | L | U |
| | 5 | T | | M | | | Y | |
| | | | L | 3 | A | 8 | | |
| A | U | Q 1 | | R | | L | E | T |
| Q | A | | R | | | Y | M | L |

| | | | | | | | | |
|---|---|---|---|---|---|---|---|---|
| 1 | 2 | 3 | 4 | 5 | 6 | 7 | 8 | 9 |

Statt Zahlen sollen bei diesem Sudoku die Buchstaben **A E L M Q R T U Y** jeweils einmal auf den waagrechten und den senkrechten Zeilen und zudem auf den Diagonalen eingetragen werden. Zum Schluss ergibt sich in den neun nummerierten Feldern das Lösungswort.

## Flaggenrätsel

Nur eine der Flaggen von A bis D ist die Flagge Deutschlands. Welche?

A B C D

## Sprüche klopfen

Hier ergibt sich der Name eines Fußballteams. Der Anfang ist bereits markiert, nun musst du nur noch den Linien folgen!

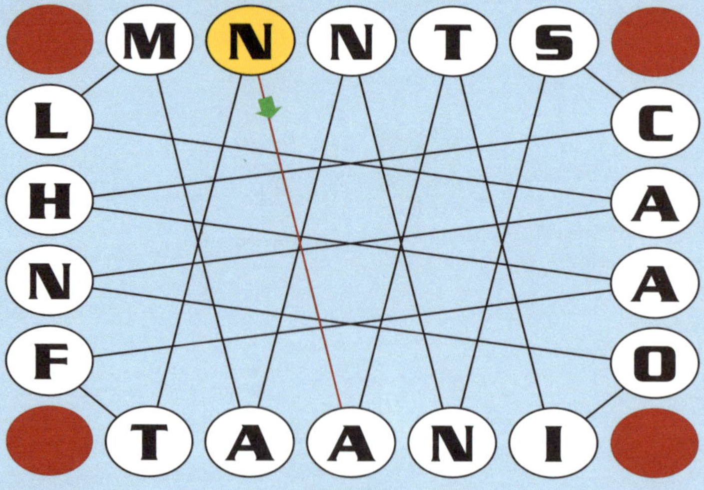


**Lösung:**

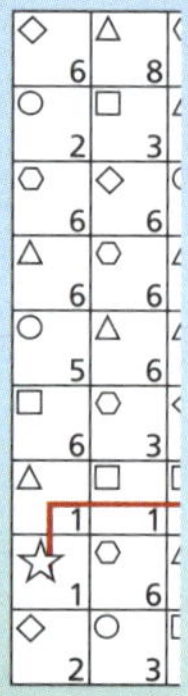

## Zuspiel

Findest du den Weg vom Start zum Ziel?

Drei Dinge musst du beachten:

1. Du darfst immer nur ein Kästchen weiterlaufen.
2. Du darfst nicht diagonal laufen.
3. Das nächste Kästchen muss das gleiche Symbol oder die gleiche Zahl haben wie das Kästchen, in dem du gerade bist.

## Der Ball ist rund

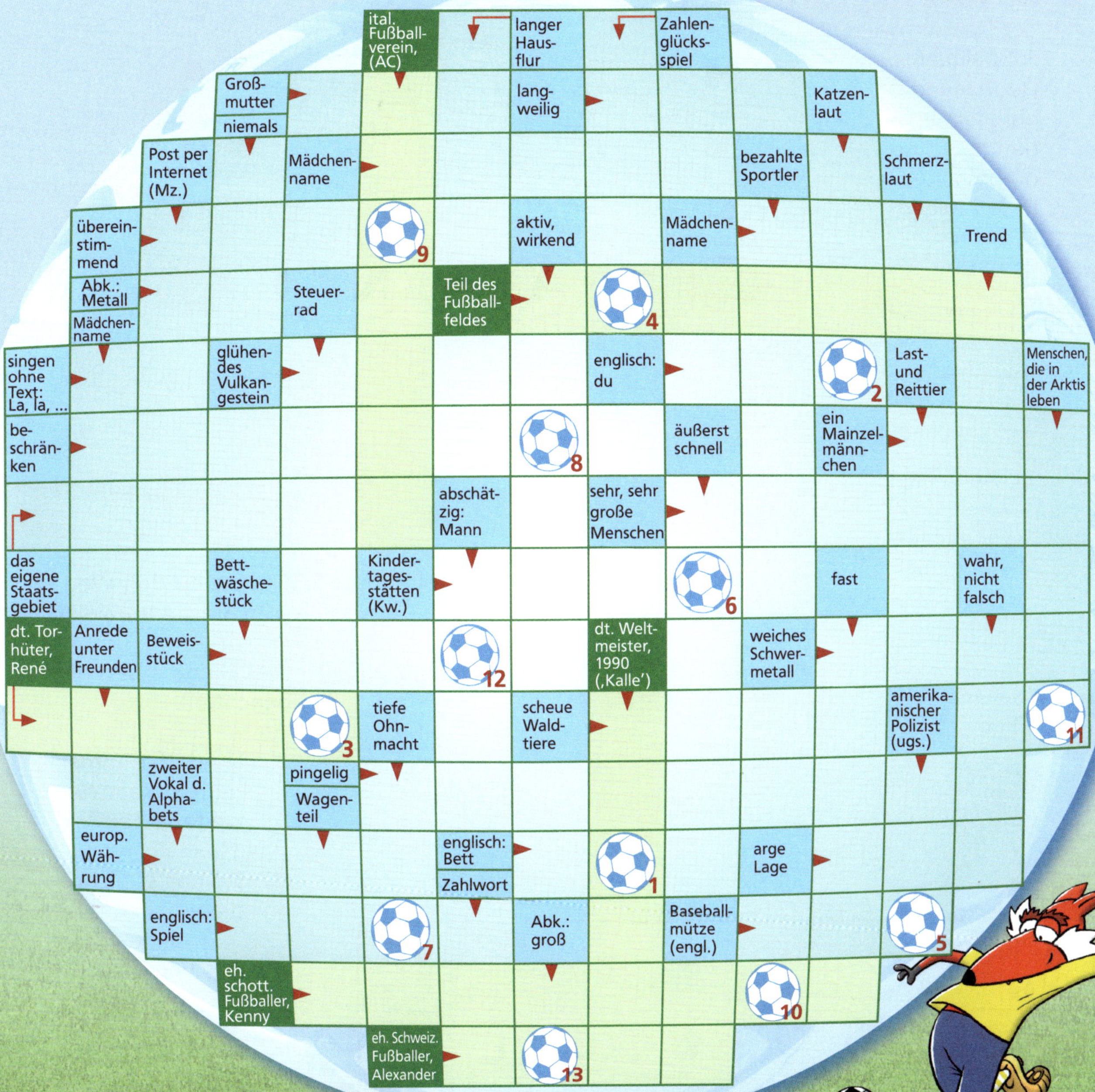

## Lösungswort:

1 2 3 4 5 6 7 8 9 10 11 12 13

## Wortkette

In allen waagrechten Reihen werden zwei Wörter gesucht. Der Endbuchstabe des ersten ist immer der Anfangsbuchstabe des zweiten Wortes.

1. riesiger Erfolg im Musikgeschäft, 2. sportlicher Betreuer von Fußballern, 3. Füllungen, 4. modischer Chic, 5. Zoo, 6. Fotoapparat, 7. eh. dt. Nationalspieler, WM 1990 (‚Icke') 8. franz. Nationalspieler, Franck, 9. eh. dt. Nationalspieler, WM 1974 (Günter), 10. Sonn- und Feiertage, 11. Fernsprecher, Handy, 12. Rhinozeros

**Nur diese Buchstaben kommen im Rätsel vor:**

A A A A A A A
A A A B E E E E E
E E E E E E E E E E
F G G G H H H H H I
I I I I K L L L L M M
N N N N N N O O
P R R R R R R
R R R S S S T
T T T T T U
Y Z Z

| | | | | | | | | | | | | |
|---|---|---|---|---|---|---|---|---|---|---|---|---|
| 1 | | | | | | 2 | | | | | | |
| 3 | | | | | | 4 | | | | | | |
| 5 | | | | | | | 6 | | | | | |
| 7 | | | | | | | 8 | | | | | |
| 9 | | | | | 10 | | | | | | | |
| 11 | | | | | | 12 | | | | | | |

## Austragungsort gesucht

Auf der Bande steht der Austragungsort des Europameisterschaftsfinales von 2004. Leider sind die Buchstaben kaum noch zu lesen. Kannst du den Namen der Stadt trotzdem entziffern?

## Kicker-Gitter

Finde für alle Wörter den richtigen Platz im Rätselgitter.

**4 Buchstaben:**
EINS – HAIE – ICKE – IGEL – MEHR – MERK – PIPI – RAHN – REST – RUIN – TOUR

**5 Buchstaben:**
EHREN – STURM

**6 Buchstaben:**
MESSER – SALBEN – ULTRAS

**7 Buchstaben:**
FASSUNG – FECHTEN – GOENNEN – LAWINEN – MEISTER – SCHAUER – STREICH – TRAUBEN

**8 Buchstaben:**
KLEISTER

**9 Buchstaben:**
HEIMSPIEL

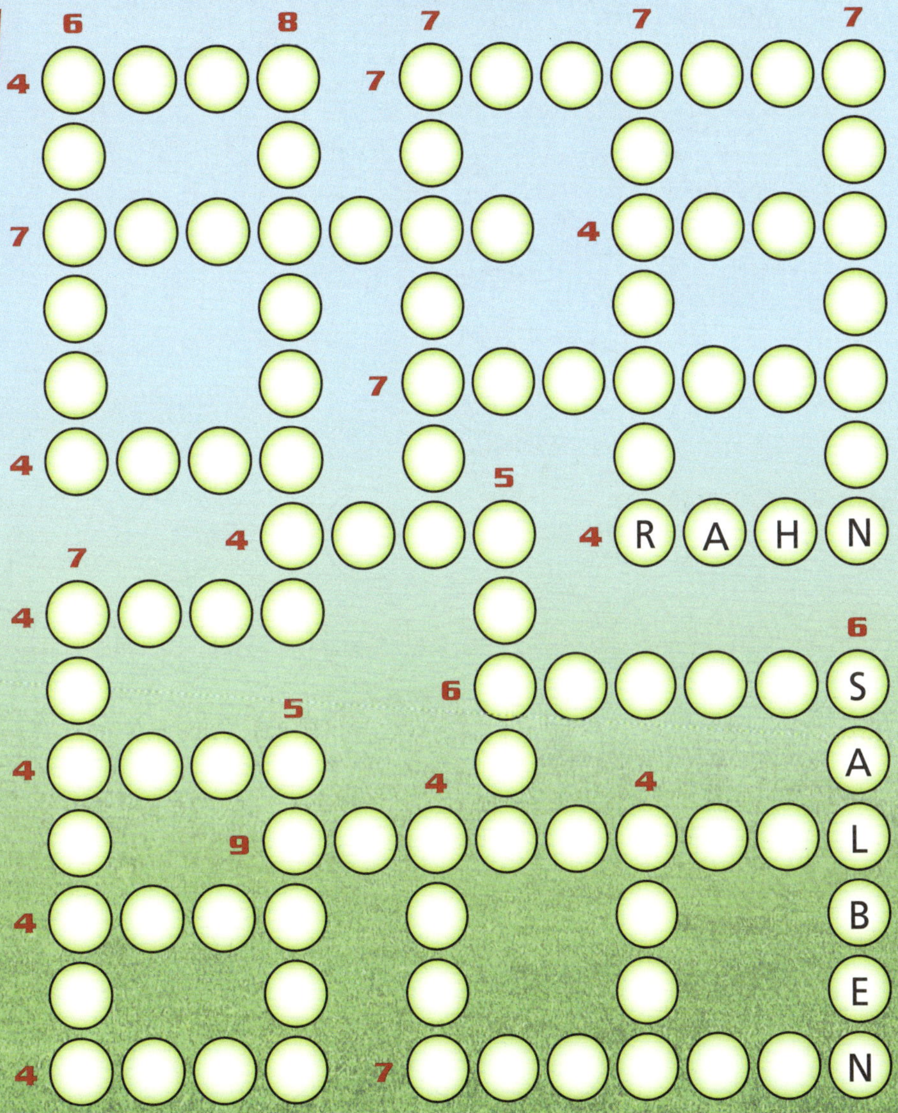

## Fußballschuhe

Nur einer der Ausschnitte A bis D passt wirklich in das Feld mit dem Fragezeichen. Welcher ist es?

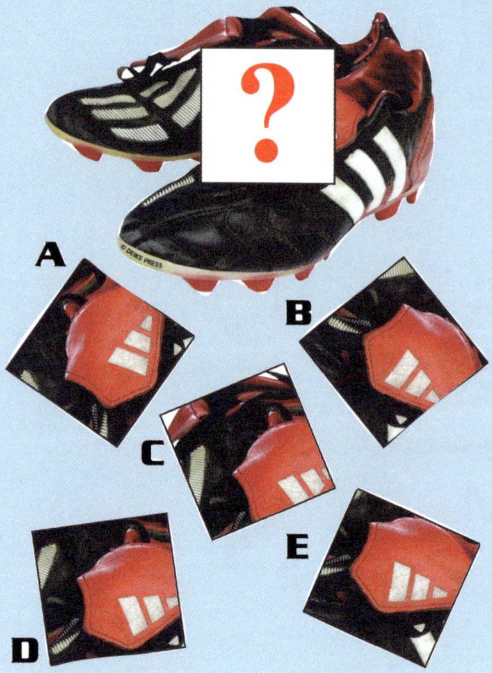

## Fehlersuche

Findest du alle fünf Fehler, durch die sich das obere Bild vom unteren unterscheidet?

## Wortbälle

In den Wortbällen musst du das Fragezeichen durch einen Buchstaben ersetzen. Dann entsteht ein achtbuchstabiger Begriff. Allerdings musst du selbst herausfinden, an welcher Stelle das Wort beginnt.

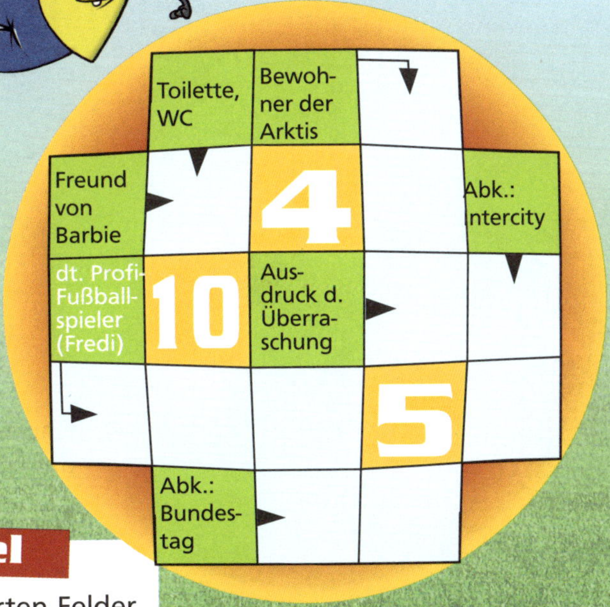

## Kombinationsspiel

Zusammen ergeben die nummerierten Felder das gesuchte Lösungswort.

## Puzzlespaß

Kannst du das Puzzle richtig zusammensetzen und folgende Fragen beantworten?

1. Wie viele Kinder sind auf dem Foto zu sehen und 2. wo steht der Junge, der keine roten Strümpfe trägt?

Lösung 1

Lösung 2

## Zahlenkreuzwort

Bei diesem Rätsel helfen dir die Beschreibungen, aber auch die angegebenen Zahlen. Gleiche Zahlen bedeuten gleiche Buchstaben!

Trage die gefundenen Buchstaben gleich in den Zahlenschlüssel ein!

| | | | | | | | |
|---|---|---|---|---|---|---|---|
| „Schmerzen" an den Zähnen | 21 | 2 | 4 | 1 | 18 | 10 | 4 |
| tschechischer Fußballspieler, Tomáš | 9 R | 19 | 20 | 3 | 8 | 6 | 7 |
| Hindernisse beim Rennen | 4 | 11 | 10 | 9 | 12 | 10 | 1 N |
| Jahressieger beim Sport | 16 | 10 | 3 | 20 | 5 | 10 | 9 |
| der Tag vor dem Sonntag | 20 | 2 | 16 | 20 | 5 | 2 A | 14 |
| Besitzer, Laden... | 3 | 1 | 4 | 2 | 13 | 10 | 9 |
| unberührtes Gebiet in der Natur | 18 | 3 | 17 | 12 | 1 | 3 | 20 |
| Hirschtiere | 9 | 19 | 5 | 18 | 3 I | 17 | 12 |
| schriftliche Notiz | 15 V | 10 | 9 | 16 | 10 | 9 | 6 |
| wenn es nichts kostet, ist es ... | 11 | 16 | 20 | 19 | 1 | 20 | 5 |
| deutscher Rekordtorschütze (Joachim, ehem. DDR-Nationalmannschaft) | 20 | 5 | 9 | 10 | 3 | 8 | 4 H |
| ärztliche Betäubung | 1 | 2 | 9 | 6 | 19 | 20 | 10 |
| Schweizer Fußballclub (FC ...) | 21 | 11 | 10 | 9 | 3 I | 8 | 4 |
| zurückgehen, nachgeben | 18 W | 10 | 3 | 8 | 4 | 10 | 1 |

| | |
|---|---|
| 1 | |
| 2 | |
| 3 | |
| 4 | |
| 5 | |
| 6 | |
| 7 | |
| 8 | |
| 9 | |
| 10 | |
| 11 | |
| 12 | |
| 13 | |
| 14 | |
| 15 | |
| 16 | |
| 17 | |
| 18 | |
| 19 | |
| 20 | |
| 21 | |

# Auf dem Platz

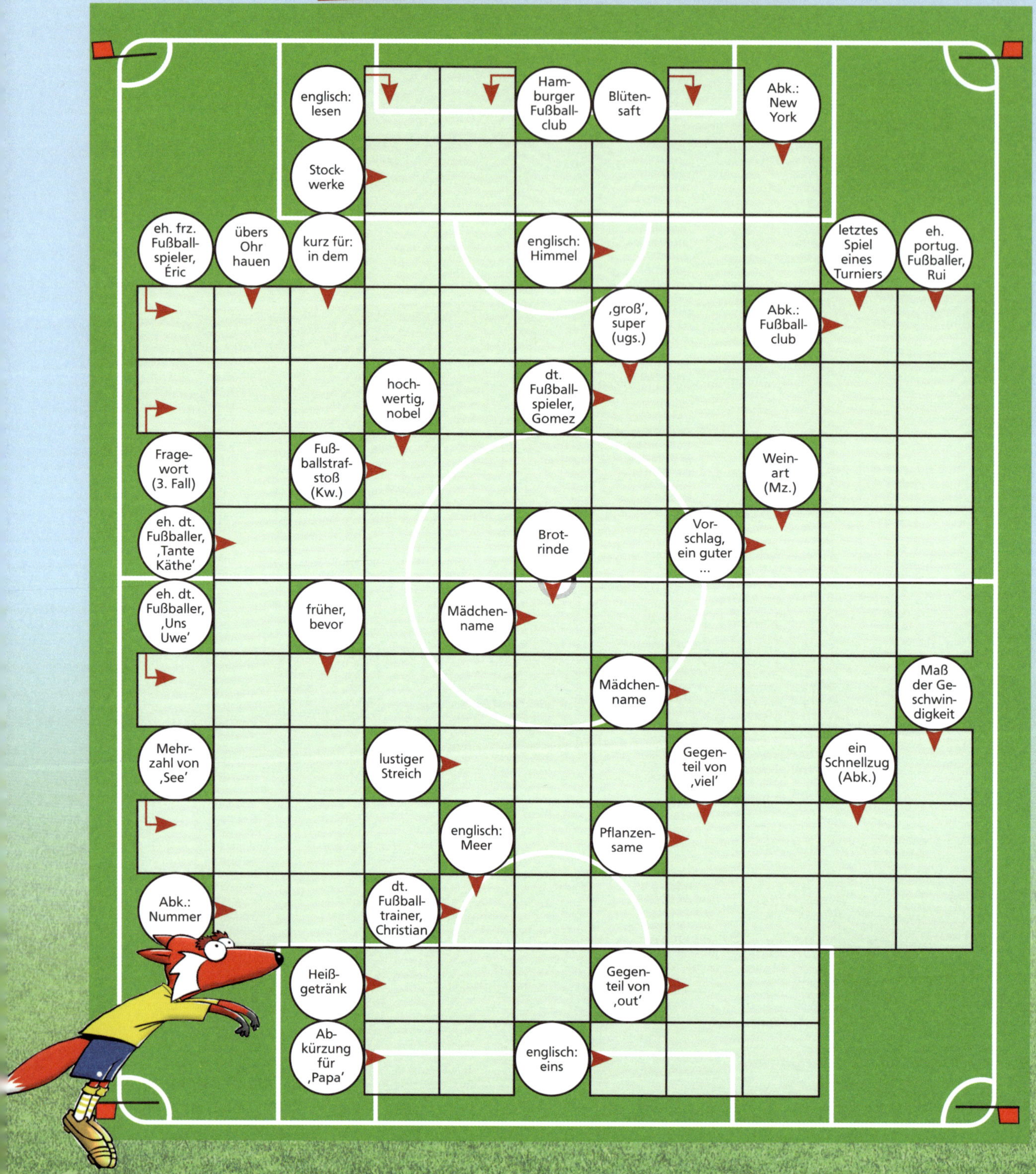

## Fußballstar gesucht

Erstelle deinen eigenen Steckbrief zum gesuchten Fußballstar. Wichtige Informationen über ihn findest du im Buchstabensalat. Achtung: Die Wörter können auch diagonal, rückwärts oder von unten nach oben zu lesen sein. Den Namen des Profikickers erfährst du, indem du das Bilderrätsel (sammle die angegebenen Buchstaben der Gegenstände) löst.

| | | | | | | | | | | | | | | |
|---|---|---|---|---|---|---|---|---|---|---|---|---|---|---|
| F | T | F | Z | V | E | S | U | I | T | G | | | | |
| P | E | D | Y | E | O | U | M | F | U | N | | | | |
| H | K | | | | H | T | S | I | J | W | | | | |
| C | R | | | | N | N | N | O | O | G | | | | |
| I | E | | | | C | E | | | | V | | | | |
| E | T | C | S | P | A | V | | | | Y | | | | |
| R | S | L | A | B | J | U | | | | Z | | | | |
| K | E | G | Z | Y | M | J | R | J | C | X | | | | |
| N | H | X | I | B | Y | L | A | G | N | Y | | | | |
| A | C | M | D | D | T | H | V | K | K | S | | | | |
| R | N | | | | E | M | T | J | U | P | | | | |
| F | A | | | | V | L | F | P | V | Y | G | X | V | F |
| U | M | | | | Y | X | O | O | | | | M | X | W |
| I | U | V | M | X | L | T | U | S | | | | P | F | X |
| N | X | O | K | N | K | H | V | N | | | | M | W | Q |
| B | A | U | N | O | K | F | I | S | C | H | E | Z | K | C |

### Steckbrief

- Name (Bilderrätsel):
- Spitzname:
- Nationalität:
- der Vater stammt aus:
- Geburtsort:
- Familienstand:
- aktueller Verein:
  *... Turin*
- Verein bis 2012:
  *... United*
- Rückennummer:
- Sternzeichen:

| | | | | | | | | |
|---|---|---|---|---|---|---|---|---|
| E 8 | S | D | | | | N | L | I 7 |
| N | P | H | | I | | A | S | L |
| | | | | H 1 | | | | |
| | 3 | L | | D | | | | |
| H | A | E | 5 | | | L | D | P |
| | | | | E | 9 | P | 2 | |
| | | 6 | | L | | | | |
| P | L | A | | S | | D 4 | H | N |
| A | E | I | | | | H | N | D |

| | | | | | | | | |
|---|---|---|---|---|---|---|---|---|
| 1 | 2 | 3 | 4 | 5 | 6 | 7 | 8 | 9 |

## Sudoku-Cross

Statt Zahlen sollen bei diesem Sudoku die Buchstaben **A D E H I L N P S** jeweils einmal auf den waagrechten und den senkrechten Zeilen und zudem auf den Diagonalen eingetragen werden. Zum Schluss ergibt sich in den neun nummerierten Feldern das Lösungswort.

**Lösung:** ?

## Fußball-ABC

Kennst du dich mit Fußballbegriffen aus? Dann findest du sicher schnell heraus, was hier beschrieben wird, und kannst die fehlenden Wörter in den Lücken ergänzen.

**So nennt man eine Reihe von Spielern. Sie stellen sich ganz eng nebeneinander auf, immer wenn es vor dem ________ zum ________ kommt. Sie dürfen den ________ nur mit dem Körper abwehren. Die ________ muss mindestens 9,51 Meter vom Freistoßpunkt entfernt sein.**

## Labyrinth

Welcher der beiden Spieler bekommt den Ball und macht das Tor?

## Vornamen

Die Vornamen von fünf internationalen Fußballspielern oder -trainern werden hier gesucht. Wenn du ihre Namen in den blau hinterlegten Feldern im Rätsel ergänzt, kannst du sicher auch die anderen Begriffe im Rätsel lösen.

__________ Jansen

__________ Jancker

__________ Westermann

__________ Lewandowski

__________ Herrman

| | | | | | | | | |
|---|---|---|---|---|---|---|---|---|
| | M | | R | C | | L | L | |
| R | | C | | | D | | | C |
| U | | H | | | I | | | A |
| | E | | K | O | | D | E | |
| E | | M | | | A | | | S |
| | G | | | O | | E | R | |
| A | | | I | | T | | | E |
| G | | | T | | E | | | N |
| | P | A | | R | | C | K | |

# Der Ball ist rund

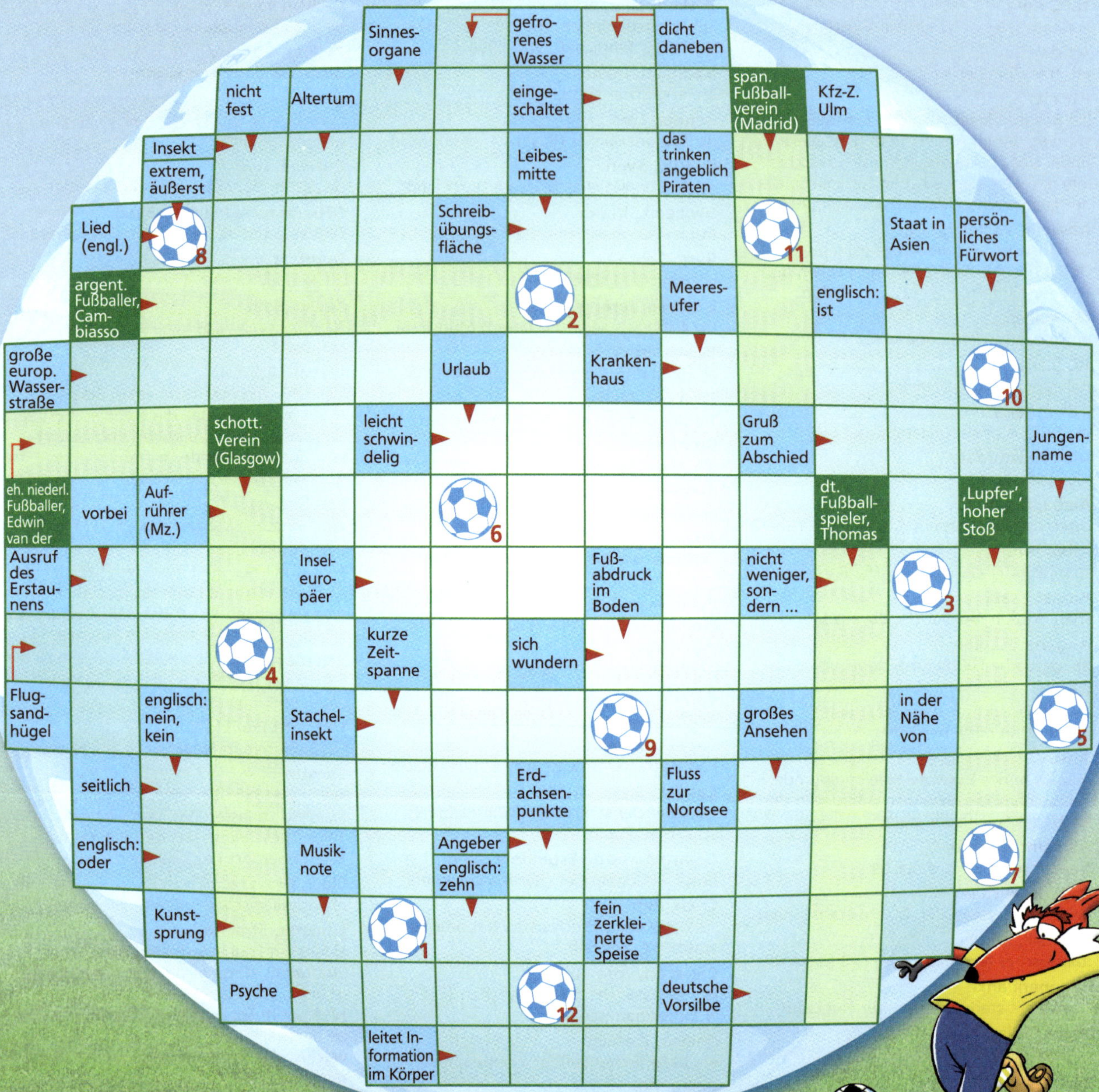

## Lösungswort:

1 2 3 4 5 6 7 8 9 10 11 12

# Glossar

**Wenn du viele der Rätsel lösen konntest, kennst du dich schon ganz schön gut mit Fußball aus. Falls du dein Wissen überprüfen willst oder einen Begriff oder Namen nachschauen möchtest, findest du alle Informationen in diesem Glossar.**

**1. FC Köln**
Fußballverein in Nordrhein-Westfalen

**Abidal, Éric**
eh. französischer Fußballspieler

**Abseits**
Ein Ball darf keinem Spieler zugespielt werden, der im Abseits steht. Ein Spieler befindet sich im Abseits, wenn sich zwischen ihm und dem gegnerischen Tor kein Spieler der gegnerischen Mannschaft befindet.

**Abwehr, Verteidigung**
Der Torwart und die Abwehrspieler (Innen- und Außenverteidiger) sollen den Gegner hindern, ein Tor zu schießen.

**AC Mailand**
norditalienischer Fußballverein

**AC Siena**
italienischer Fußballverein

**Adler, René**
dt. Fußballtorwart (Hamburger SV)

**Ajax Amsterdam**
niederländischer Rekordmeister

**Alaba, David**
österr. Nationalspieler (FC Bayern München)

**Alba, Jordi**
spanischer Nationalspieler (FC Barcelona)

**Alonso, Xabi**
span. Nationalspieler (FC Bayern München)

**Angerer, Nadine**
eh. deutsche Fußballtorhüterin

**Anpfiff**
Der Schiedsrichter signalisiert den Spielbeginn mit einer Trillerpfeife.

**Anstoß**
Anspielen des Balles zu Spielbeginn oder nach einem Tor. Der Anstoß findet in der Mitte des Spielfeldes statt.

**AS Saint Étienne**
französischer Rekordmeister

**Ballack, Michael**
eh. dt. Nationalspieler, Mannschaftskapitän

**Balotelli, Mario**
italienischer Nationalspieler (AC Mailand)

**Bananenflanke**
Flanke mit stark gekrümmter Flugbahn

**Baroš, Milan**
tschech. Fußballspieler (FK Mladá Boleslav)

**Barthez, Fabien**
Torwart der franz. Nationalmannschaft, WM 1998

**Basten, Marco van**
eh. niederländischer Fußballspieler

**Batistuta, Gabriel**
eh. argent. Fußballspieler und Rekordtorschütze

**Bayer 04 Leverkusen, „Werkself“**
Fußballverein in Nordrhein-Westfalen

**Beckenbauer, Franz**
Sportfunktionär, eh. dt. Nationalspieler, WM1974, Teamchef 1984–1990

**Beckham, David**
eh. englischer Fußballspieler

**Bender, Lars**
dt. Nationalspieler (Bayer 04 Leverkusen)

**Bender, Sven**
dt. Nationalspieler (Borussia Dortmund)

**Benzema, Karim**
franz. Nationalspieler (Real Madrid)

**Best, George**
nordirischer Fußballspieler †

**Boateng, Jérôme**
dt. Nationalspieler (FC Bayern München)

**Bobič, Fredi**
eh. deutscher Nationalspieler, EM 1996

**Bommel, Mark van**
Trainer und eh. niederl. Fußballspieler

**Breitner, Paul**
eh. deutscher Nationalspieler, WM 1974

**Brehme, Andreas**
eh. deutscher Nationalspieler, WM 1990

**Buffon, Gianluigi**
Torhüter der ital. Nationalmannschaft (Juventus Turin)

**Cambiasso, Esteban**
argent. Fußballspieler (Olympiakos Piräus)

**Can, Emre**
dt. Fußballnationalspieler (FC Liverpool)

**Cantona, Éric**
eh. französischer Fußballspieler

**Capello, Fabio**
Fußballtrainer und eh. ital. Nationalspieler

**Casillas, Iker**
Torhüter der spanischen Nationalmannschaft (FC Porto)

**César Soares de Espíndola, Júlio**
brasil. Fußballspieler (Benfica Lissabon)

**Čech, Petr**
Torhüter der tschechischen Nationalmannschaft (FC Arsenal)

**Chilavert, José Luis**
eh. Torhüter der paraguayischen Nationalmannschaft

**Collina, Pierluigi**
eh. italienischer Fußballschiedsrichter

**Costa, Rui**
eh. portugiesischer Fußballspieler

**Cruyff, Johan**
Trainer und eh. niederl. Nationalspieler

**Crystal Palace F.C.**
englischer Fußballverein aus London

**Dalglish, Kenny**
Trainer und eh. schott. Fußballspieler

**Daum, Christoph**
eh. Trainer des 1. FC Köln

**De Bruyne, Kevin**
belg. Nationalspieler (Manchester City)

**Delling, Gerhard**
deutscher Sportjournalist

**Derby**
Spiel zweier Sportvereine einer Region gegeneinander

**Derwall, Jupp**
deutscher Bundestrainer (1978–1984) †

**DFB,** Deutscher Fußball-Bund
Dachverband der deutschen Fußballvereine

**Durm, Erik**
dt. Nationalspieler (Borussia Dortmund)

**Džeko, Edin**
Nationalspieler Bosnien-Herzegowinas (AS Rom)

**Eckball, Eckstoß**
Der Schiedsrichter kann einen Eckstoß erteilen, wenn der Ball die Torlinie überquert hat, ohne ins Tor zu gehen und zuletzt von einem Spieler der verteidigenden Mannschaft berührt wurde.

**Eckel, Horst**
eh. deutscher Nationalspieler, WM 1954

**Eckfahne**
Fahne, mit der die Ecken des Fußballfeldes markiert werden. Dank der Eckfahne kann man besser sehen, ob der Ball über die Seitenlinie oder die Torlinie ins Aus rollt.

**Eigentor**
Ein Spieler schießt den Ball ins Tor der eigenen Mannschaft.

**Eintracht Frankfurt**
Fußballverein in Frankfurt a. M., Hessen

**Einwurf**
Wenn der Ball über eine Seitenlinie das Spielfeld verlassen hat, wirft ihn ein Spieler des Teams, das den Ball nicht zuletzt berührt hat, wieder zurück.

**Élber, Giovane**
eh. brasilianischer Fußballspieler

**Elfmeter, Strafstoß**
Findet ein Foul innerhalb des eigenen Strafraums statt, wird ein Strafstoß durchgeführt. Von einem Punkt, der genau elf Meter vom Tor entfernt ist, spielt ein Spieler den Ball direkt auf dieses Tor. Der Torwart ist der einzige, der den Ball halten darf.

**Équipe Tricolore**
französische Nationalmannschaft, wörtlich „dreifarbige Mannschaft“, nach der blau-weiß-roten Nationalflagge

**Fallrückzieher**
Ein Spieler spielt den Ball rückwärts auf das gegnerische Tor und lässt sich dabei auf den Boden fallen.

**Fankurve**
der Bereich im Stadion, in dem Fans einer Mannschaft sitzen und die Spieler anfeuern

**FC Arsenal** („Gunners")
Londoner Fußballverein

**FC Bayern München**
erfolgreichster deutscher Fußballclub

**FC Chelsea** („The Blues")
Fußballverein aus London

**FC Energie Cottbus**
deutscher Fußballverein in Brandenburg

**FC Lokomotive Leipzig**
ostdeutscher Traditionsverein

**FC Reading**
englischer Fußballverein

**FC Santos**
brasilianischer Rekordmeister

**FC Schalke 04**
Fußballverein aus Gelsenkirchen

**FC Zürich**
Schweizer Fußballverein

**Fehlpass**
Der Ball wird versehentlich an einen Spieler der gegnerischen Mannschaft abgegeben.

**Ferdinand, Rio**
eh. englischer Fußballspieler

**FIFA**
(Fédération Internationale de Football Association) Weltfußballverband – organisiert Fußball-Wettkämpfe, wie z. B. die Weltmeisterschaft

**Figo, Luís**
portugiesischer Rekordnationalspieler

**Finte**
eine Körpertäuschung, um den Gegner zu verwirren

**Flanke**
Der Ball wird von der Seite des Spielfeldes vor das gegnerische Tor geschossen.

**Fontaine, Just**
eh. franz. Nationalspieler und -trainer, mehrfacher Torschützenkönig

**Foul**
Wenn ein Spieler gegen die Regeln verstoßen hat, begeht er ein Foul. Es kann z. B. durch einen Freistoß oder eine Gelbe/Rote Karte bestraft werden.

**Frei, Alexander**
eh. Schweizer Nationalspieler

**Freistoß**
Wenn eine Mannschaft gegen die Regeln verstoßen hat (Foul), darf der Schiedsrichter einen Freistoß verordnen. Die gegnerische Mannschaft bekommt den Ball, ohne vom Gegner behindert zu werden.

**Friedrich, Arne**
Trainer und eh. deutscher Nationalspieler

**Fußball-Nationalmannschaft**
Die Nationalmannschaft vertritt bei internationalen Spielen ihr Land. Sie besteht aus Spielern verschiedener nationaler Vereine.

**Gallas, William**
eh. französischer Nationalspieler

**Gegentor**
Tor der gegnerischen Mannschaft, das nach einem selbst erzielten Tor geschossen wird

**Gelbe Karte**
Eine Gelbe Karte ist eine Verwarnung an einen Spieler, der gegen die Regeln verstoßen hat. Wer zum zweiten Mal eine Gelbe Karte bekommt, muss vom Feld.

**Gerrard, Steven**
engl. Fußballspieler (Los Angeles Galaxy)

**Glasgow Rangers**
schottischer Traditionsverein

**Gómez, Mario**
dt. Nationalspieler (Besiktas Istanbul)

**Grashopper Club Zürich**
Rekordmeister der Schweiz

**Guerrero, Paolo**
peruanischer Fußballspieler (Flamengo Rio de Janeiro)

**Halbzeit**
Ein Spiel hat zwei Halbzeiten (evtl. plus Verlängerung). Eine Halbzeit dauert 45 Minuten. Dazwischen gibt es eine Pause von 15 Minuten.

**Hamm, Mia**
eh. US-amerikanische Fußballspielerin

**Handspiel**
Regelverstoß – ein Spieler spielt den Ball mit seiner Hand oder seinem Arm.

**Häßler, Thomas** („Icke")
deutscher Nationalspieler, WM 1990

**Hattrick**
Ein Spieler schießt drei Tore hintereinander in einem Spielabschnitt.

**Hechten**
Der Torwart bewegt sich mit einem Sprung zum Ball.

**Heimspiel**
Eine Mannschaft spielt an ihrem Heimatort gegen eine andere Mannschaft.

**Henry, Thierry**
eh. französischer Nationalspieler

**Herberger, Sepp**
deutscher Nationaltrainer, WM 1954, †

**Herrera, Héctor**
mexikan. Nationalspieler (FC Porto)

**Herrlich, Heiko**
Trainer und eh. deutscher Fußballspieler

**Herrmann, Patrick**
deutscher Nationalspieler (Borussia Mönchengladbach)

**Herrmann, Richard**
deutscher Nationalspieler, WM 1954, †

**Hertha BSC**
Sportverein aus Berlin

**Hiddink, Guus**
eh. niederländischer Fußballspieler, Trainer bei FC Chelsea

**Hamburger SV**
norddeutscher Fußballverein (HSV)

**Hrubesch, Horst**
Trainer und eh. deutscher Nationalspieler

**Hummels, Mats**
dt. Nationalspieler (Borussia Dortmund)

**Ibišević, Vedad**
Nationalspieler Bosnien-Herzegowinas (Hertha BSC Berlin)

**Ibrahimovic, Zlatan**
schwedisch-bosnischer Fußballspieler (Paris Saint-Germain)

**Iniesta, Andrés**
spanischer Nationalspieler (FC Barcelona)

**Inter Mailand**
italienischer Fußballverein

**Jancker, Carsten**
Trainer und eh. deutscher Nationalspieler

**Jansen, Marcell**
eh. deutscher Nationalspieler

**Juventus Turin**
italienischer Rekordmeister

**Kahn, Oliver**
eh. dt. Nationaltorwart, mehrfacher Welttorhüter

**Karlsruher SC (KSC)**
süddeutscher Fußballverein

**Keane, Roy**
eh. irischer Fußballspieler

**Király, Gábor**
ungarischer Fußballtorhüter (Szombathelyi Haladás)

**Kirsten, Ulf**
eh. deutscher Fußballspieler

**Klinsmann, Jürgen**
eh. dt. Nationalspieler, WM 1990 und Fußballbundestrainer, 2004–2006

**Klodt, Bernhard** („Berni")
deutscher Nationalspieler, WM 1954, †

**Klopp, Jürgen**
Trainer des FC Liverpool

**Klose, Miroslav**
deutscher Fußballspieler (Lazio Rom)

**Kuijt (Kuyt), Dirk**
niederländischer Fußballspieler (Feyenoord Rotterdam)

**Lahm, Philipp**
dt. Fußballspieler (FC Bayern München)

**Lampard, Frank**
engl. Fußballspieler (New York City FC)

**Latte, Querlatte**
oberer Balken eines Fußballtors

**Lewandowski, Robert**
poln. Nationalspieler (FC Bayern München)

**Libero**
Der Spieler auf dieser Position übernimmt verschiedene Aufgaben im Spiel, da er keinen direkten Gegenspieler hat.

**Lippi, Marcello**
Trainer der ital. Nationalmannschaft, WM 2006

# Glossar

**Löw, Jogi**
deutscher Fußballbundestrainer

**Magath, Felix**
Trainer und eh. deutscher Fußballspieler

**Maier, Josef Dieter** („Sepp")
Rekord-Torhüter der dt. Nationalmannschaft

**Manchester City** („The Citizens")
englischer Fußballverein

**Manchester United** („Red Devils")
englischer Fußballverein

**Maradona, Diego**
argentinische Fußballlegende

**Marin, Marko**
dt. Fußballspieler (Trabzonspor Kulübü)

**Merk, Markus**
eh. deutscher Fußballschiedsrichter

**Mertesacker, Per**
deutscher Fußballspieler
(FC Arsenal London)

**Mittag, Anja**
dt. Nationalspielerin (Paris Saint-Germain)

**Möller, Andreas**
eh. deutscher Nationalspieler, WM 1990

**Müller, Gerd** („Bomber der Nation")
deutsche Fußballlegende

**Müller, Thomas**
dt. Nationalspieler (FC Bayern München)

**Nachspielzeit**
Wenn sich während einer Halbzeit z. B. jemand verletzt und deshalb Spielzeit verstreicht, gibt es nach dieser Halbzeit eine Verlängerung.

**Nedved, Pavel**
eh. tschechischer Nationalspieler

**Nesta, Alessandro**
ital. Nationalspieler, WM 2006

**Netzer, Günter**
eh. deutscher Nationalspieler, WM 1974

**Neuer, Manuel**
dt. Nationaltorhüter (FC Bayern München)

**Oranje**
Spitzname der niederländischen Fußballnationalmannschaft

**Palmeiras São Paulo**
Rekordmeister aus Brasilien

**Pelé** (Edson Arantes do Nascimento)
brasilianische Fußballlegende

**Persie, Robin van**
niederländischer Nationalspieler
(Fenerbahçe Istanbul)

**Petrić, Mladen**
kroatischer Fußballspieler
(Panathinaikos Athen)

**Piqué, Gerard**
spanischer Nationalspieler (FC Barcelona)

**Pogba, Paul**
franz. Nationalspieler (Juventus Turin)

**Polster, Toni**
eh. österreichischer Nationalspieler

**Rahn, Helmut**
deutscher Nationalspieler, WM 1954, †

**Ramos, Sergio**
spanischer Fußballspieler (Real Madrid)

**Rapid Wien**
Rekordmeister aus Österreich

**Real Madrid**
spanischer Rekordmeister

**Reus, Marco**
dt. Nationalspieler (Borussia Dortmund)

**Ribéry, Franck**
franz. Fußballspieler (FC Bayern München)

**Riedle, Karl-Heinz** („Kalle")
deutscher Nationalspieler, WM 1990

**River Plate**
argentinischer Rekordmeister

**Robben, Arjen**
niederländischer Nationalspieler
(FC Bayern München)

**Rolfes, Simon**
eh. deutscher Fußballspieler

**Romario** (Romário de Souza Faria)
eh. brasil. Fußballspieler, WM 1994

**Ronaldo**
(Ronaldo Luís Nazário de Lima)
Stürmer in der brasilianischen Nationalmannschaft, WM 2002

**Ronaldo, Cristiano**
portugiesischer Nationalspieler
(Real Madrid)

**Rooney, Wayne**
englischer Nationalspieler
(Manchester United)

**Rosický, Tomáš**
tschechischer Fußballspieler (FC Arsenal)

**Rote Karte**
Wenn ein Spieler massiv gegen die Regeln verstößt, bekommt er eine Rote Karte und muss das Feld verlassen (Platzverweis).

**Sammer, Matthias**
Sportfunktionär, eh. deutscher Nationalspieler, EM 1996

**Sar, Edwin van der**
eh. niederländischer Torhüter

**Schäfer, Winfried** („Winnie")
eh. deutscher Fußballspieler, Trainer der jamaikanischen Nationalmannschaft

**Schmeichel, Peter**
eh. Torhüter der dän. Nationalmannschaft

**Schwalbe**
vorgetäuschtes Foul

**Seeler, Uwe** („uns Uwe")
eh. dt. Nationalspieler, Vize-WM 1966

**Seleção** („Auswahl")
Name für die brasilianische Nationalmannschaft – Sie gewann fünf Weltmeistertitel und gilt als die erfolgreichste Nationalmannschaft.

**Serie A**
höchste Spielklasse im italienischen Profifußball

**Shearer, Alan**
eh. englischer Fußballspieler

**Spielmacher**
Spieler, der die Mannschaft anführt

**Spielzeit**
Die Spielzeit setzt sich aus zwei Halbzeiten (zweimal 45 Minuten) zusammen. Herrscht Gleichstand am Spielende, wird eine Verlängerung von zweimal 15 Minuten gespielt.

**St. Gallen**
Schweizer Fußballverein

**St. Pauli**
deutscher Kultverein aus Hamburg

**Stollen**
Noppen auf der Sohle eines Fußballschuhs, damit die Spieler auf dem Rasen besseren Halt haben

**Streich, Christian**
eh. deutscher Fußballspieler,
Trainer des FC Freiburg

**Streich, Joachim**
eh. Nationalspieler der DDR

**Stürmer**
Spieler, die auf dieser Position spielen, sorgen für die Tore ihrer Mannschaft.

**Terry, John**
englischer Fußballspieler (FC Chelsea)

**Torres, Fernando**
spanischer Fußballspieler (Atlético Madrid)

**Torschütze**
Spieler, der am meisten dazu beiträgt, dass ein Tor geschossen wird

**Transfer**
Ein Spieler wechselt seinen Verein.

**Trikot**
Fußballbekleidung – jede Mannschaft trägt ein einheitliches Trikot.

**UEFA**
(Union of European Football Associations)
Europäischer Fußballverband – Die UEFA ist ein Zusammenschluss von vielen europäischen Fußballverbänden. Sie organisiert z. B. die Europameisterschaft.

**Van der Vaart, Rafael**
niederländischer Fußballspieler
(Betis Sevilla)

**Viktor, Ivo**
tschechoslowakische Torhüterlegende

**Volland, Kevin**
deutscher Fußballspieler
(TSG 1899 Hoffenheim)

**Völler, Rudi**
deutscher Nationalspieler, WM 1990
eh. Fußballbundestrainer

**Westermann, Heiko**
deutscher Fußballspieler (Betis Sevilla)

**Zenga, Walter**
eh. Torhüter der italienischen Nationalmannschaft, Trainer bei Sampdoria Genua

**Ziege, Christian**
deutscher Nationalspieler, EM 1996

# Auflösungen

## Seite 2

FLUEGELWECHSEL

## Seite 3

**Sprüche klopfen:**

ZWEI MINUTEN GESPIELT, NOCH IMMER HOHES TEMPO.

**Zuspiel:**

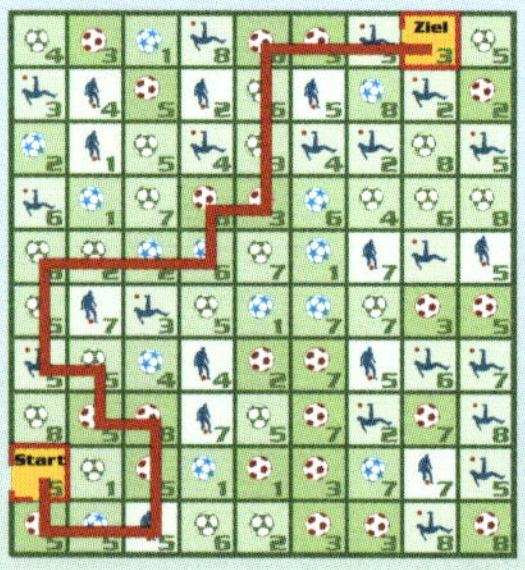


## Seite 4

**Austragungsort gesucht:**

Rio de Janeiro

**Kicker-Gitter:**

## Seite 5

**Wortkette:**

1. WUETEND, 2. DONAU, 3. GLOBUS, 4. SCHIRI, 5. ENKELIN, 6. NAGER, 7. RUNDUNG, 8. GRUND, 9. BREITNER, 10. ROSE, 11. ERWERBEN, 12. NEUN

## Seite 6

**EM-Geschichte:**

rot: 2. Golden Goal
gelb: 3. Sowjetunion

**Tauschrätsel:**

| | | | | | | |
|---|---|---|---|---|---|---|
| S | B | | S | A | M | T |
| C | L | I | P | | J | E |
| H | E | N | R | Y | | R |
| M | I | | O | | E | R |
| A | | D | E | R | B | Y |
| L | I | E | D | | B | |
| Z | | N | E | U | E | R |

## Seite 7

**Fußballstar gesucht:**

Name (Bilderrätsel): DAVID ALABA

- Spitzname: ALABASI
- Nationalität: OESTERREICH
- der Vater stammt aus: NIGERIA
- Geburtsort: WIEN
- Familienstand: LEDIG
- aktueller Verein: (FC) BAYERN (München)
- Verein bis 2011 (Leihe): (TSG 1899) HOFFENHEIM
- Position: VERTEIDIGER
- Spielfuß: LINKS
- Sternzeichen: KREBS

## Seite 8

**Kombinationsspiel:**

**Wortbälle:**

GEGENTOR
FEHLPASS

**Lösungswort:**

SPIELMACHER

## Seite 9

**Fußball-Rechnen:**

643
318 325
156 162 163
87 69 93 70

**Fehlersuche:**

## Seite 10

**Zahlenkreuzwort:**

| | | | | | | |
|---|---|---|---|---|---|---|
| D | E | N | K | M | A | L |
| E | N | T | Z | W | E | I |
| H | I | D | D | I | N | K |
| S | P | E | C | H | T | E |
| K | I | R | S | T | E | N |
| L | E | I | P | Z | I | G |
| E | C | K | B | A | L | L |
| R | O | M | A | R | I | O |
| E | P | I | S | O | D | E |
| A | B | S | E | I | T | S |
| N | I | S | C | H | E | N |
| M | I | C | H | A | E | L |
| H | E | C | H | T | E | N |
| I | N | N | E | R | E | I |

1 = C
2 = I
3 = E
4 = T
5 = S
6 = O
7 = B
8 = A
9 = P
11 = N
12 = G
13 = W
14 = M
15 = R
16 = H
17 = Z
18 = K
19 = L
20 = D

# Auflösungen

## Seite 11

**Puzzlespaß:**

**Frage 1:** 7
**Frage 2:** 2, 3, 7, 8, 12

## Seite 12

**Teams gesucht:**

**5 x Weltmeister:** BRASILIEN
*(1958, 1962, 1970, 1994, 2002)*
**4 x Weltmeister:**
ITALIEN *(1934, 1938, 1982, 2006)*
DEUTSCHLAND *(1954, 1974, 1990, 2014)*
**2 x Weltmeister:**
ARGENTINIEN *(1978, 1986)*
URUGUAY *(1930, 1950)*
**1 x Weltmeister:**
FRANKREICH *(1998)*,
ENGLAND *(1966)*
SPANIEN *(2010)*

## Seite 13

**Auf dem Platz:**

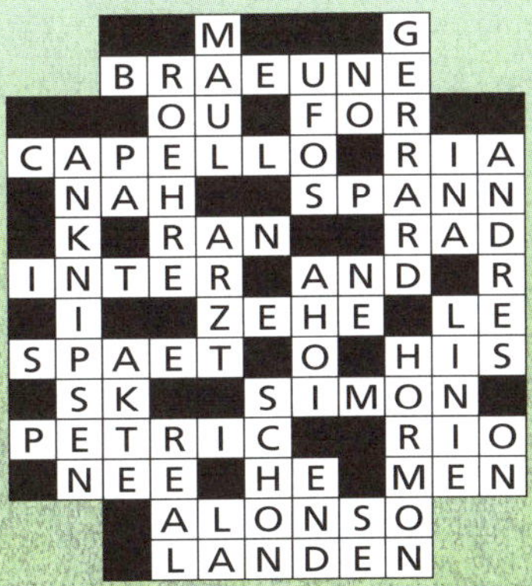

## Seite 14

**Rückennummer:**
Die Nummer 4

**Vor- oder Nachname:**

## Seite 15

**Sudoku-Cross:**

| | | | | | | | | |
|---|---|---|---|---|---|---|---|---|
| T | F | G | U | I | R | E | O | N |
| N | E | I | R | T | O | G | F | U |
| R | T | F | O | N | E | U | I | G |
| E | R | O | G | U | T | F | N | I |
| F | U | E | N | O | G | I | R | T |
| U | N | T | E | R | I | O | G | F |
| I | G | R | F | E | U | N | T | O |
| O | I | N | T | G | F | R | U | E |
| G | O | U | I | F | N | T | E | R |

EIGENTORE

**Speichenrätsel:**

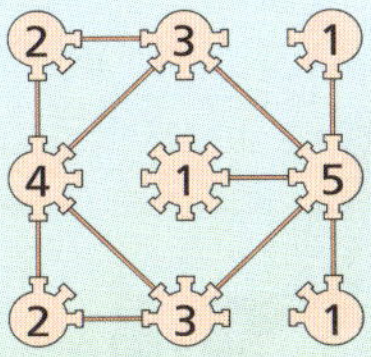

## Seite 16

**Sprüche klopfen:**
MANNI BANANENFLANKE, ICH KOPF, TOR!

**Zuspiel:**

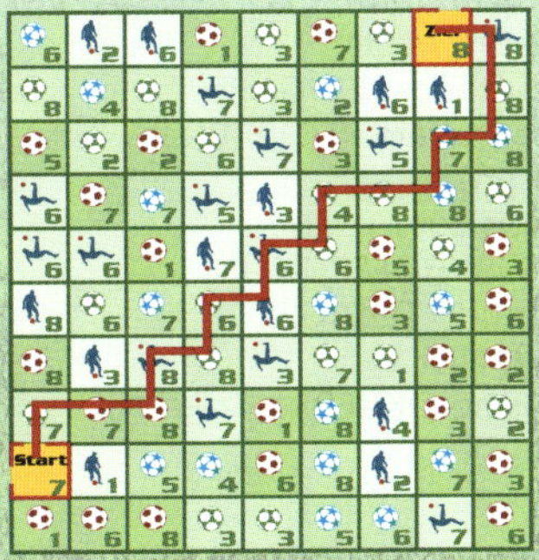

## Seite 17

FITNESSTRAINING

## Seite 18

**Wortkette:**
1. DISCOS, 2. SATT, 3. JUVE, 4. ELSTER, 5. RAENGE, 6. ECKE, 7. ENERGIE, 8. ESC, 9. REPTIL, 10. LOCH, 11. FIGO, 12. OBJEKT

## Seite 19

**Flaggenrätsel:**
Flagge D

**Kicker-Gitter:**

# Auflösungen

## Seite 20

**Fußballstars gesucht:**

- Name: CRISTIANO RONALDO
- Spitzname: MAQUINA
- Nationalität: PORTUGAL
- Geburtsort: FUNCHAL
- Familienstand: LEDIG
- aktueller Verein: (Real) MADRID
- Verein bis 2009: MANCHESTER (United)
- Position: STURM
- Rückennummer: SIEBEN
- Sternzeichen: WASSERMANN

## Seite 21

**WM-Geschichte:**

rot: 1. 1930 in Uruguay
gelb: 2. die Helden von Bern

**Tauschrätsel:**

| | | | | | | |
|---|---|---|---|---|---|---|
| S | P | U | R | T | ■ | L |
| ■ | F | ■ | O | E | D | E |
| L | A | T | T | E | ■ | N |
| A | U | ■ | W | ■ | O | K |
| H | ■ | W | I | N | D | E |
| M | U | E | L | L | E | R |
| ■ | A | R | D | ■ | R | ■ |

## Seite 22

**Fehlersuche:**

**Fußballer in Folge:**

B: Die Farben wandern jeweils um einen Schritt nach unten weiter.

## Seite 23

**Kombinationsspiel:**

**Wortbälle:**

SCHWALBE
OBERLIGA

**Lösungswort:**

ABWEHRSPIELER

## Seite 24

**Puzzlespaß:**

A = 5
B = 1
C = 3
D = 2
E = 6
F = 4

## Seite 25

**Zahlenkreuzwort:**

| | | | | | | |
|---|---|---|---|---|---|---|
| D | R | E | I | E | C | K |
| B | E | C | K | H | A | M |
| S | T | U | E | T | Z | E |
| S | C | H | A | L | K | E |
| T | O | R | W | A | R | T |
| A | M | T | L | I | C | H |
| E | N | E | R | G | I | E |
| B | A | L | L | A | C | K |
| K | A | T | A | L | O | G |
| L | U | E | M | M | E | L |
| H | E | I | M | W | E | H |
| S | T | U | T | Z | E | N |
| E | N | D | L | I | C | H |
| D | E | L | L | I | N | G |

1 = H
2 = L
3 = E
4 = W
5 = O
6 = D
7 = K
8 = A
9 = U
10 = S
11 = G
12 = T
13 = C
14 = I
15 = Z
16 = M
17 = R
18 = B
19 = N

## Seite 26

**Auf dem Platz:**

## Seite 27

**Spielorte gesucht:**

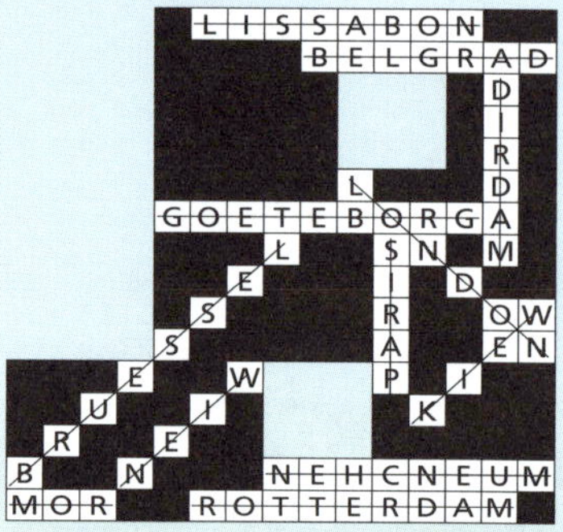

PARIS
MADRID
ROM
BRUESSEL
BELGRAD
MUENCHEN
GOETEBORG
LONDON
ROTTERDAM
LISSABON
WIEN
KIEW

## Seite 28

**Vornamen:**

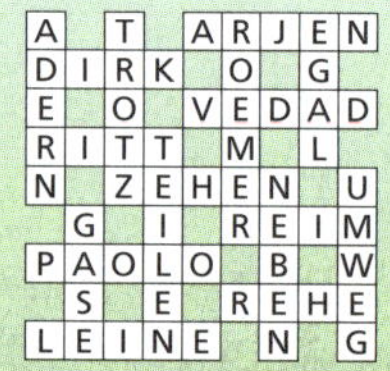

**Fußball-ABC:**

AMPELKARTE: Das ist die Gelb-Rote **Karte**. Sie heißt so, weil die Farben **Rot** und **Gelb** auch in der **Ampel** vorkommen. Bei einer Roten **Karte** geht man **raus** und bei der Gelben **Karte** kriegt man eine Verwarnung. Wenn man **zwei** Gelbe **Karten** kriegt, ist das so wie eine Rote und man muss auch **rausgehen**.

# Auflösungen

## Seite 29

**Sudoku-Cross:**

| | | | | | | | | |
|---|---|---|---|---|---|---|---|---|
| I | S | E | U | Z | L | G | P | T |
| L | P | G | S | T | U | Z | E | I |
| G | Z | L | E | I | S | P | T | U |
| Z | I | P | T | L | G | S | U | E |
| T | U | Z | G | S | I | E | L | P |
| P | G | S | Z | U | E | T | I | L |
| S | T | I | L | E | P | U | G | Z |
| E | L | U | P | G | T | I | Z | S |
| U | E | T | I | P | Z | L | S | G |

SPIELZEIT

**Fußball-Wabe:**

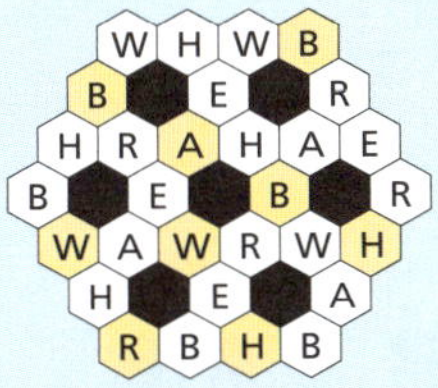

## Seite 30

FOULSPIEL

## Seite 31

**Sprüche klopfen:**

„ES WAR DIE HAND GOTTES."

**Zuspiel:**

## Seite 32

**WM-Gastgeber:**

C = Österreich
(A = Frankreich, B = Spanien,
D = Deutschland)

**Kicker-Gitter:**

## Seite 33

**Wortkette:**

1. VORGABE, 2. ESSIG, 3. TORJUBEL, 4. LOEW, 5. RAUPE, 6. EINWURF, 7. ZEILEN, 8. NIKOLA, 9. UMZUEGE, 10. EARTH, 11. TRIKOT, 12. TRESOR

## Seite 34

**Regel-Quiz:**

rot: 2. das Gastgeberland
gelb: 2. der Torwart

**Tauschrätsel:**

| | | | | | | |
|---|---|---|---|---|---|---|
| S | ■ | D | U | R | M | ■ |
| E | D | I | ■ | P | E | R |
| A | J | A | X | ■ | E | ■ |
| L | ■ | M | ■ | A | R | A |
| ■ | S | A | M | M | E | R |
| T | O | N | ■ | E | ■ | N |
| ■ | S | T | A | N | G | E |

## Seite 35

**Fußballstar gesucht:**

## Seite 35

- Name (Bilderätsel): MARIO BALOTELLI
- Spitzname: SUPER MARIO
- Nationalität 1: ITALIEN
- Nationalität 2: GHANA
- Geburtsort: PALERMO
- Familienstand: LEDIG
- aktueller Verein: (AC) MAILAND
- Verein bis 2013: MANCHESTER (City)
- Position: STUERMER
- Spielfuß: RECHTS
- Sternzeichen: LOEWE

## Seite 36

**Kombinationsspiel:**

**Wortbälle:**

HALBZEIT
FANKURVE

**Lösungswort:**

PLATZVERWEIS

## Seite 37

**Was stimmt nicht?:**

Zum Fußball gehören nicht:
Koffer, Boot, Ente, Globus, Puppe

## Seite 38

**Zahlenkreuzwort:**

| | | | | | | |
|---|---|---|---|---|---|---|
| V | O | L | L | A | N | D |
| F | L | E | I | S | C | H |
| H | E | I | M | W | E | H |
| E | R | F | O | L | G | E |
| I | T | A | L | I | E | N |
| S | E | L | E | C | A | O |
| H | E | C | H | T | E | N |
| S | C | H | A | U | E | R |
| S | C | H | A | L | K | E |
| A | N | S | T | O | S | S |
| U | N | G | E | N | A | U |
| S | C | H | I | C | H | T |
| V | O | R | W | O | R | T |
| M | A | I | L | A | N | D |

1 = S, 2 = E, 3 = N, 4 = U, 5 = R, 6 = L, 7 = H, 8 = A, 9 = T, 10 = F, 11 = G, 12 = V, 13 = W, 14 = C, 15 = K, 16 = O, 17 = M, 18 = I, 19 = D

# Auflösungen

## Seite 39

**Labyrinth:**

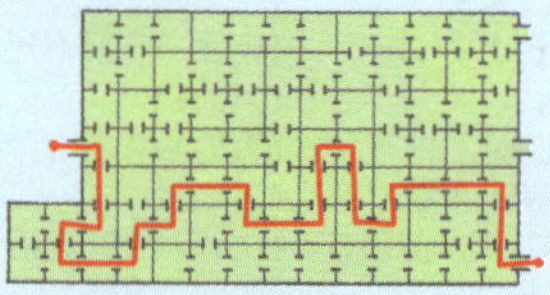

**Achtung Bälle!:**
Es sind 19 Bälle.

## Seite 40

**Rekordmeister gesucht:**

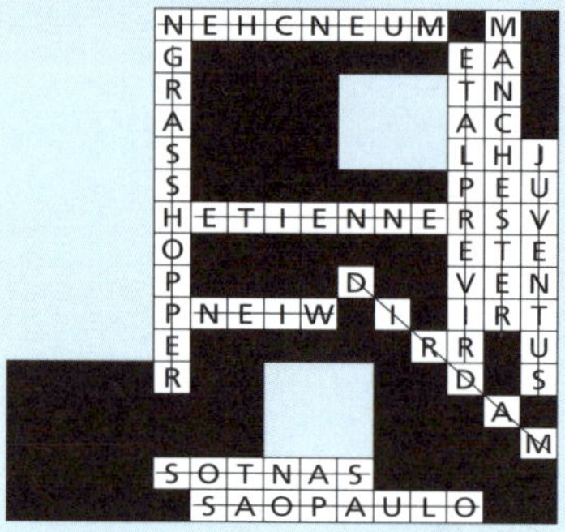

Brasilien: (FC) SANTOS/ (Palmeiras) SÃO PAULO
Argentinien: RIVER PLATE
Deutschland: (FC Bayern) MUENCHEN
Schweiz: GRASSHOPPER (Club Zürich)
Österreich: (Rapid) WIEN
England: (Manchester) UNITED
Frankreich: (AS Saint) ÉTIENNE
Spanien: (Real) MADRID
Italien: JUVENTUS (Turin)

## Seite 41

**Auf dem Platz:**

## Seite 42

**Fußball-Rechnen:**

$64\ m \times 100\ m = 6400\ m^2$
$75\ m \times 110\ m = 8250\ m^2$
$8250\ m^2 - 6400\ m^2 = 1850\ m^2$

**Vor- oder Nachname:**

## Seite 43

**Speichenrätsel:**

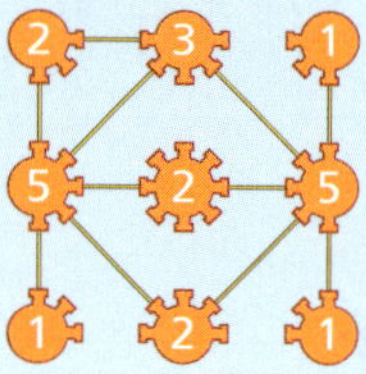

**Sudoku-Cross:**

| | | | | | | | | |
|---|---|---|---|---|---|---|---|---|
| E | V | D | N | K | O | S | R | U |
| O | R | S | V | U | N | K | D | E |
| S | K | O | D | E | V | R | U | N |
| K | E | R | U | O | S | V | N | D |
| U | N | K | S | V | E | D | O | R |
| R | S | V | K | N | D | U | E | O |
| V | U | E | O | D | R | N | S | K |
| D | O | N | R | S | U | E | K | V |
| N | D | U | E | R | K | O | V | S |

NORDKURVE

## Seite 44

**Sprüche klopfen:**
NACH DEM SPIEL IST VOR DEM SPIEL.

**Zuspiel:**

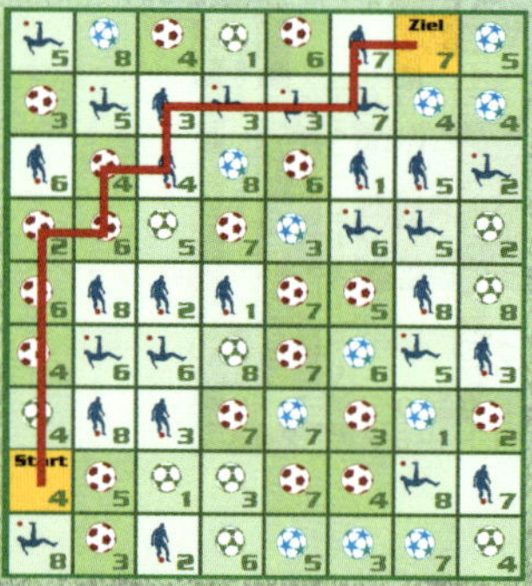


## Seite 45

NACHSPIELZEIT

## Seite 46

**Wortkette:**
1. BEST, 2. TIGERHAI, 3. EHRGEIZ, 4. ZIEGE, 5. AMAZONAS, 6. SEIL, 7. DESSERT, 8. TORTE, 9. TORWART, 10. TROLL, 11. EINRAD, 12. DIKTAT

## Seite 47

**Schüttelnamen:**
URS METER = STUERMER
ART WORT = TORWART

**Kicker-Gitter:**

## Seite 48

**Fußballstar gesucht:**

# Auflösungen

## Seite 48

**Fußballstar gesucht:**

- Name (Bilderrätsel): THOMAS MUELLER
- Nationalität: DEUTSCHLAND
- Geburtsort: WEILHEIM
- Familienstand: VERHEIRATET
- Verein: (FC Bayern) MUENCHEN
- Position: STUERMER
- Spielfuß: RECHTS
- Sternzeichen: JUNGFRAU
- Lieblingsgetränk: APFELSCHORLE
- Hobby: GOLF

## Seite 49

**Trainer-Quiz:**

rot: 3. SC Freiburg
gelb: 3. gar nichts

**Tauschrätsel:**

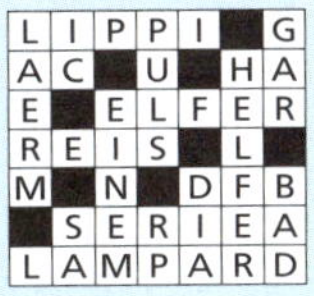

## Seite 50

**Fußball-Drudel:**

Eckball

**Fehlersuche:**

## Seite 51

BUNDESTRAINER

## Seite 52

**Trikot-Tausch:**

6 blaue Trikots
7 rote Trikots
9 grüne Trikots
alle Trikots: 22

## Seite 53

**Zahlenkreuzwort:**

| | | | | | | |
|---|---|---|---|---|---|---|
| J | U | W | E | L | E | N |
| R | O | S | I | N | E | N |
| R | U | E | H | R | E | N |
| C | A | N | T | O | N | A |
| Z | U | G | E | T | A | N |
| K | A | N | T | I | N | E |
| H | E | I | L | S | A | M |
| B | O | A | T | E | N | G |
| S | C | H | O | T | E | N |
| G | A | N | O | V | E | N |
| O | P | T | I | M | A | L |
| P | O | L | S | T | E | R |
| R | E | N | N | R | A | D |
| Z | E | I | T | L | O | S |

| | |
|---|---|
| 1 = S | 12 = O |
| 2 = E | 13 = H |
| 3 = L | 14 = V |
| 4 = N | 15 = G |
| 5 = A | 16 = I |
| 6 = D | 17 = T |
| 7 = K | 18 = J |
| 8 = Z | 19 = U |
| 9 = B | 20 = R |
| 10 = C | 21 = W |
| 11 = P | 22 = M |

## Seite 54

**Auf dem Platz:**

## Seite 55

**Welttorhüter gesucht:**

## Seite 55

**Welttorhüter:**

- Iker CASILLAS (2008)
- Gianluigi BUFFON (u. a. 2007/06)
- Petr CECH (2005)
- Oliver KAHN (2001/02)
- Fabien BARTHEZ (2000)
- José Luis CHILAVERT (u. a. 1998/99)
- Manuel NEUER (u. a. 2015)
- Peter SCHMEICHEL (1992,93)
- Walter ZENGA (u. a. 1990/91)

## Seite 56

**Sudoku-Cross:**

| | | | | | | | | |
|---|---|---|---|---|---|---|---|---|
| O | R | E | F | A | I | S | B | T |
| S | B | R | A | O | F | T | E | I |
| A | F | I | R | S | E | O | T | B |
| R | E | T | S | B | A | I | O | F |
| I | S | A | T | R | B | E | F | O |
| E | O | F | B | I | T | A | S | R |
| B | T | S | I | E | O | F | R | A |
| T | I | O | E | F | R | B | A | S |
| F | A | B | O | T | S | R | I | E |

FREISTOSS

**Fußballwabe:**

## Seite 57

**Fußball-ABC:**

BANANENFLANKE:

Das ist eine besondere Art der **Flanke**. Der **Ball** wird mit viel Schwung um einen Gegner herumgeschossen. Er fliegt dann krumm wie eine **Banane**. Der **Ball** dreht sich ganz schnell und kann auch schon mal wegflitschen. Die **Bananenflanke** ist ein echter Kunstschuss!

**Vornamen gesucht:**

# Auflösungen

## Seite 58

TORSCHUETZE

## Seite 59

**Sprüche klopfen:**

DEUTSCHER MEISTER

**Zuspiel:**

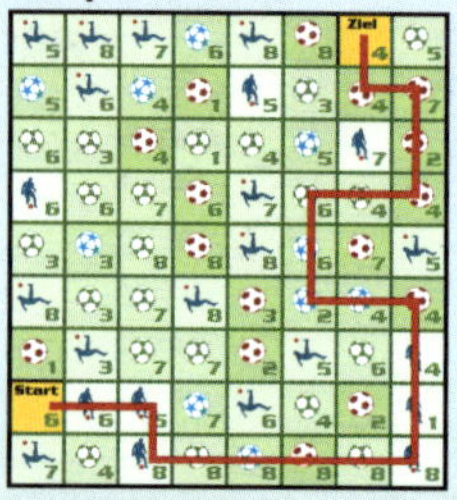


## Seite 60

**Knobelei:**

Würfel C

**Kicker-Gitter:**

## Seite 61

**Wortkette:**

1. NARZISSEN, 2. NATUR, 3. EFFEKTE, 4. ENERGIE, 5. UEFA, 6. ABENDESSEN, 7. ENDPUNKT, 8. TAGUNG, 9. BECKENBAUER, 10. RAD 11. EHRLICH, 12. HERRERA

## Seite 62

**Club-Quiz:**

rot: 3. Champions League
gelb: 1. 1. FC Everton

**Tauschrätsel:**

## Seite 63

**Fußballstar gesucht:**

- Name (Bilderrätsel): KEVIN DE BRUYNE
- Nationalität: BELGIEN
- Geburtsort: DRONGEN
- Familienstand: LEDIG
- Verein: MANCHESTER (City)
- Spielfuß: RECHTS
- Rückennummer: SIEBZEHN
- Anzahl Länderspiele: VIERZIG
- Sternzeichen: KREBS

## Seite 64

**Auf dem Platz:**

## Seite 65

**Socken-Rätsel:**

ELFMETER

**Fehlersuche:**

## Seite 66

**Zahlenkreuzwort:**

1 = Y
2 = P
3 = N
4 = E
5 = T
6 = U
7 = L
8 = S
9 = Z
10 = I
11 = A
12 = D
13 = R
14 = H
15 = M
16 = F
17 = B
18 = O
19 = G

## Seite 67

**Labyrinth:**

Spieler C trifft ins Tor.

**Ballvergleich:**

B2 und C4 sind identisch.

## Seite 68

**Torschützen gesucht:**

Miroslav KLOSE
RONALDO
Gerd MUELLER
Just FONTAINE
PELE
Jürgen KLINSMANN
Gabriel BATISTUTA
Helmut RAHN

# Auflösungen

## Seite 69

**Auf dem Platz:**

## Seite 70

**Kniffliges Wortversteck:**
FALLRÜCKZIEHER

**Spitz- oder Beiname:**

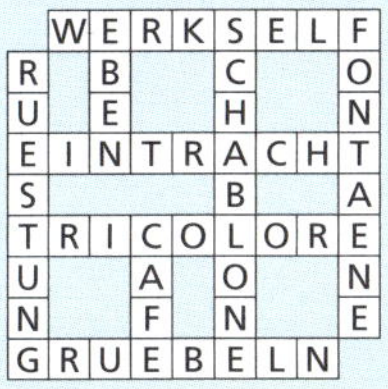

## Seite 71

**Sudoku-Cross:**

| | | | | | | | | |
|---|---|---|---|---|---|---|---|---|
| Y | E | A | T | L | U | Q | R | M |
| E | R | L | Q | Y | M | U | T | A |
| L | Y | M | A | U | T | R | Q | E |
| M | T | R | U | Q | L | E | A | Y |
| T | Q | E | Y | A | R | M | L | U |
| U | L | T | E | M | Q | A | Y | R |
| R | M | Y | L | E | A | T | U | Q |
| A | U | Q | M | R | Y | L | E | T |
| Q | A | U | R | T | E | Y | M | L |

QUERLATTE

**Flaggenrätsel:**
Flagge B

## Seite 72

**Sprüche klopfen:**
NATIONALMANNSCHAFT

## Seite 72

**Zuspiel:**

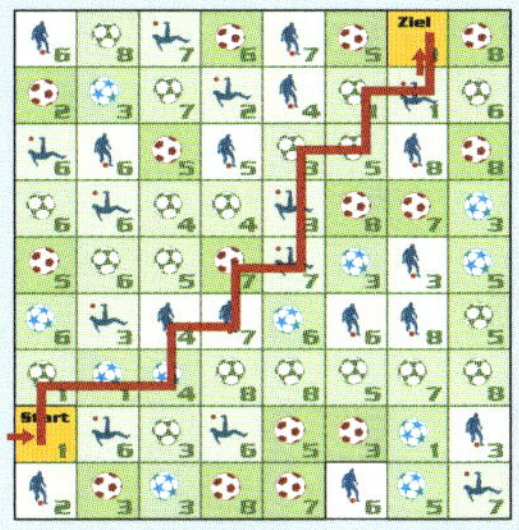


## Seite 73

EUROPAMEISTER

## Seite 74

**Wortkette:**

1. MEGAHIT, 2. TRAINER, 3. INHALTE, 4. ELEGANZ, 5. TIERPARK, 6. KAMERA, 7. HAESSLER, 8. RIBERY, 9. NETZER, 10. RUHETAGE, 11. TELEFON, 12. NASHORN

## Seite 75

**Austragungsort gesucht:**
Lissabon

**Kicker-Gitter:**

## Seite 76

**Fußballschuhe:**
Ausschnitt D

**Fehlersuche:**

## Seite 77

**Kombinationsspiel:**

**Wortbälle:**
STUERMER
ECKFAHNE
**Lösungswort:**
ABSEITSFALLE

## Seite 78

**Puzzlespaß:**

1. Es sind drei Jungs zu sehen.
2. Der Junge rechts trägt keine roten Strümpfe.

# Auflösungen

## Seite 79

**Zahlenkreuzwort:**

| | | | | | | |
|---|---|---|---|---|---|---|
| Z | A | H | N | W | E | H |
| R | O | S | I | C | K | Y |
| H | U | E | R | D | E | N |
| M | E | I | S | T | E | R |
| S | A | M | S | T | A | G |
| I | N | H | A | B | E | R |
| W | I | L | D | N | I | S |
| R | O | T | W | I | L | D |
| V | E | R | M | E | R | K |
| U | M | S | O | N | S | T |
| S | T | R | E | I | C | H |
| N | A | R | K | O | S | E |
| Z | U | E | R | I | C | H |
| W | E | I | C | H | E | N |

1 = N
2 = A
3 = I
4 = H
5 = T
6 = K
7 = Y
8 = C
9 = R
10 = E
11 = U
12 = D
13 = B
14 = G
15 = V
16 = M
17 = L
18 = W
19 = O
20 = S
21 = Z

## Seite 80

**Auf dem Platz:**

## Seite 81

**Fußballstar gesucht:**

- Name (Bilderrätsel): PAUL POGBA
- Spitzname: OKTOPUS
- Nationalität: FRANKREICH
- der Vater stammt aus: GUINEA
- Geburtsort: LAGNY (sur Marne)
- Familienstand: LEDIG
- aktueller Verein: JUVENTUS (Turin)
- Verein bis 2012: MANCHESTER (United)
- Rückennummer: ZEHN
- Sternzeichen: FISCHE

## Seite 82

**Sudoku-Cross:**

| | | | | | | | | |
|---|---|---|---|---|---|---|---|---|
| E | S | D | H | A | P | N | L | I |
| N | P | H | E | I | D | A | S | L |
| L | D | S | P | H | N | E | I | A |
| I | N | L | A | D | H | S | P | E |
| H | A | E | S | N | I | L | D | P |
| S | I | N | D | E | L | P | A | H |
| D | H | P | N | L | A | I | E | S |
| P | L | A | I | S | E | D | H | N |
| A | E | I | L | P | S | H | N | D |

HANDSPIEL

**Fußball-ABC:**
Mauer

So nennt man eine Reihe von Spielern. Sie stellen sich ganz eng nebeneinander auf, immer wenn es vor dem **Tor** zum **Freistoß** kommt. Sie dürfen den **Ball** nur mit dem Körper abwehren. Die **Mauer** muss mindestens 9,51 Meter vom Freistoßpunkt entfernt sein.

## Seite 83

**Labyrinth:** Spieler A

**Vornamen:**

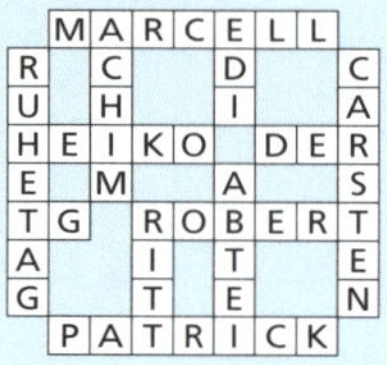

## Seite 84

LAENDERSPIEL

1. Auflage 2016

Redaktion und Layout:
Verlag Host Deike KG, Konstanz
Einbandillustration: Irmgard Paule
Gesamtherstellung: Westermann Druck, Zwickau GmbH

ISBN 978-3-401-70965-9
www.arena-verlag.de